## ROMANTIQUE

# TOUT UN MONDE
# DE RÊVE ET D'ÉVASION.

Coucher de soleil aux Caraïbes,
tempête de neige en Autriche,
vent de sable sur le Sahara…

Jalousie, rire ou larmes, cruauté,
tendresse…amour.

Laissez-vous emporter par la ronde
scintillante de la vie, vers un
univers fascinant et passionné.

# PARTEZ EN VACANCES
# LE TEMPS D'UN ROMAN.

# Sortilège aux Caraïbes

## Penny Jordan

**HARLEQUIN**

*Cet ouvrage a été publié en langue anglaise
sous le titre :*

## EXORCISM

*Publié originellement par*
Mills and Boon Limited, London, England

La loi du 11 mars 1957 n'autorisant aux termes des alinéas 2 et 3 de l'article 41, d'une part, que les copies ou reproductions strictement réservées à l'usage privé du copiste et non destinées à une utilisation collective, et, d'autre part, que les analyses et les courtes citations dans un but d'exemple ou d'illustration, toute représentation ou reproduction intégrale ou partielle faite sans le consentement de l'auteur, ou de ses ayants droit ou ayants cause, est illicite (alinéa 1er de l'article 40).

Cette représentation ou reproduction, par quelque procédé que ce soit, constituerait donc une contrefaçon sanctionnée par les articles 425 et suivants du Code pénal.

© 1985, Penny Jordan
© 1986, traduction française : Edimail S.A.
53, avenue Victor-Hugo, Paris XVIe - Tél. 45.00.65.00.
ISBN 2-280-01423-8
ISSN 0223-467X

# 1

Le printemps avait été tardif mais l'été qui s'annonçait serait probablement précoce. En ce début de juin, il suffisait de regarder le ciel pour s'en persuader. Outre qu'il fût d'un bleu d'azur, un magnifique soleil y resplendissait.

Christy Lawrence était allongée dans le verger, les mains à plat sous sa nuque. Les paupières closes, elle se demandait si oui ou non elle était décidée à se lever. Finalement elle choisit de s'accorder quelques minutes de repos supplémentaires.

C'était là un des avantages qu'elle savourait pleinement depuis qu'elle travaillait pour sa mère. Elle appréciait d'autant plus ces instants de détente qu'ils étaient une oasis dans un emploi du temps surchargé. En effet, Georgina Lawrence était un écrivain à succès dont la principale qualité n'était certainement pas l'ordre.

Des morceaux de papier griffonnés traînaient un peu partout dans la maison. Car dès qu'elle avait une idée, Georgina s'empressait de la noter à la hâte. En temps que secrétaire et collaboratrice, Christy les récupérait afin de les mettre en lieu sûr.

La jeune fille n'était pas jalouse de la célébrité de sa mère. Et ce, pour l'excellente raison qu'elle-même possédait un talent artistique reconnu. C'était elle qui illustrait les contes que Georgina Lawrence imaginait pour les enfants.

A son âge, vingt-quatre ans, Christy n'éprouvait pas le besoin de quitter la demeure familiale. D'ailleurs pourquoi serait-elle partie de cet endroit paradisiaque ? Par testament, Arnold Lawrence avait légué à sa femme ce charmant cottage. Il était bâti en pierre de taille, entouré d'une large portion de terrain. Après le décès de son mari, tué dans un accident d'automobile, Mme Lawrence ne s'était jamais remariée. Elle avait élevé seule son enfant, gagnant bientôt sa vie grâce à sa plume.

Au cours de ces dernières années, plusieurs hommes lui avaient prodigué des avances. Pourtant Georgina les avait toutes repoussées avec gentillesse mais fermeté.

Christy était encore une fillette lorsqu'elle avait perdu son père. Toutefois elle conserverait toujours en mémoire l'image de ses parents tendrement enlacés. Le couple s'était aimé avec passion jusqu'à ce que le destin les sépare.

Aujourd'hui Georgina Lawrence s'était rendue à Londres à la demande de son éditeur. Christy aurait pu l'accompagner, mais elle avait préféré rester ici, au calme. La chaleur dans les rues, l'intense circulation qui régnait dans la capitale l'épuisaient par avance.

Elle étouffa un bâillement, étira longuement ses bras. les nombreuses heures déjà passées dans le jardin avaient coloré sa peau d'un hâle doré. Physiquement, elle ne ressemblait pas du tout à sa mère. Alors que celle-ci possédait un teint laiteux, des cheveux auburn, Christy était brune, dotée d'une peau mate. De son père, elle tenait ses grands yeux gris bordés de longs cils noirs. Elle avait également hérité de sa taille élancée, de sa minceur.

Lorsqu'elle laissait les boucles de sa chevelure libres sur ses épaules, elle faisait penser à une gitane, une sauvageonne.

Elle partageait néanmoins un trait de caractère avec Georgina Lawrence. Et c'était une forte volonté que toutes deux dissimulaient sous une apparence décontractée. A la disparition de son mari, Georgina avait pris à bras-le-corps, les problèmes qui se posaient à elle. Qu'ils soient d'ordre psychologique ou matériel, elle les avait résolus les uns après les autres. Face aux difficultés, Christy se savait capable de la même détermination que sa mère. N'en avait-elle pas fourni la preuve dernièrement, lorsque ses rêves d'adolescente s'étaient brisés net ?

A l'époque, Christy avait dix-huit ans et était une jeune fille particulièrement romantique. Enfant unique, elle avait grandi solitaire, considérant les livres de la bibliothèque comme ses meilleurs amis. Elle s'était ainsi forgée un monde de légende et d'illusions. Georgina l'avait mise en garde contre cet univers fictif et dangereux quand il se heurtait à la réalité.

Christy n'en avait pas tenu compte et l'avait amèrement regretté. En fait, elle avait payé cette erreur un tel prix que le souvenir en restait gravé dans sa mémoire. Cet été-là, ses chimères s'étaient effondrées, lui laissant dans la bouche le goût amer de la déception.

Un homme avait été celui qui lui avait brutalement ouvert ses yeux. Depuis, l'eau avait coulé sous les ponts et la blessure qu'il lui avait infligée ne la faisait plus souffrir. Elle ne bâtissait plus de romances, acceptait la vie telle qu'elle était. Il lui arrivait de songer qu'un jour, elle rencontrerait un autre homme. Leurs caractères s'accorderaient suffisamment pour qu'ils envisagent un mariage. Ensemble ils auraient des enfants, une existence paisible. En attendant, Christy était satisfaite de celle qu'elle menait au cottage.

Le bruit d'un moteur dans l'allée l'arracha à ses réflexions et elle se leva. Georgina Lawrence était de retour, installée à l'arrière du seul taxi du village. Sa fille brossa les brins d'herbe accrochés à son short en coton. Puis elle s'achemina vers la cuisine où elle brancha la bouilloire électrique.

A peine avait-elle achevé cette tâche que des pas résonnèrent dans son dos.

— Merveilleux, tu as entendu la voiture de Sam ! commenta sa mère en l'embrassant. Ce voyage à Londres était épuisant et une tasse de thé sera la bienvenue. Ma chérie, tu as eu raison de ne pas m'accompagner.

La voix contenait une note sibylline que Christy remarqua sans pour autant s'y attarder. Elle ouvrit la porte du buffet et sortit une boîte à biscuits. Après avoir posé un sablé près de chaque tasse, elle souleva le plateau du goûter. Il était léger comme une plume car la jeune fille et sa mère n'étaient pas très gourmandes.

— Tu ne sais pas quelle chance tu as de posséder le teint mat, l'informa Georgina. J'avais oublié mon chapeau et je crois que j'ai attrapé un coup de soleil sur le nez. Regarde.

Plus petite que sa fille, Mme Lawrence tendit vers elle son visage à la peau blanche, satinée. Effectivement une légère rougeur marbrait ses pommettes, signe que les rayons du soleil avaient été cuisants.

— Si tu veux retrouver ton habituelle pâleur aristocratique, je te conseille d'appliquer de la crème, suggéra Christy en guise de boutade.

Sa mère esquissa une moue de contrariété et toutes deux prirent la direction de la véranda. A l'heure du thé, c'est généralement dans cet endroit qu'elles se retrouvaient. Le toit et les murs étaient constitués de larges vitres qui laissaient entrer des flots de lumière. L'espace était occupé par une grande variété de plantes vertes que Georgina soignait chaque matin. Selon elle, cette activité de jardinage l'aidait à rassembler ses idées avant de se mettre au travail.

Christy déposa le plateau sur la table basse en osier puis se cala confortablement dans l'un des fauteuils. Tout en remplissant les deux tasses, elle croisa ses longues jambes dorées. Sa mère qui l'observait machinalement fronça les sourcils.

— Mais tu es pieds nus ! se récria-t-elle fâchée. Ce n'est guère raisonnable. Tu pourrais marcher sur un objet pointu et te blesser.

— Je fais attention, la tranquillisa Christy dans un sourire. De plus, si je chaussais des sandales aussi fines que les tiennes, j'aurais l'air parfaitement ridicule.

A ces mots, elle enveloppa sa mère d'un regard à la fois mutin et admiratif. Avec sa jupe plissée gris souris, un corsage en soie, ses bas et ses souliers à talons hauts, Georgina était d'une élégance sophistiquée.

— Cesse de raconter des bêtises, ordonna-t-elle à sa fille. Quand tu le veux, ta distinction n'a rien à m'envier, au contraire. Je t'accorde que ce n'est pas le cas aujourd'hui où tu ressembles plus à une sauvageonne qu'à une couverture de magazine.

Elles partirent d'un éclat de rire simultané, complice, symbole des excellentes relations que la mère et la fille entretenaient. Quand elle eut repris son souffle, Georgina étudia à son insu celle qui lui faisait face. Christy avait relevé ses boucles brunes en une queue de cheval. Cette coiffure dégageait l'ovale délicat de son visage, et paraissait agrandir ses yeux gris.

Aucun doute, Christy était une ravissante personne, jugea-t-elle. Pourtant la jeune fille ne profitait pas des plaisirs qui étaient ceux de son âge. Déjà au collège, elle ne se mêlait pas à la foule de ses camarades qui allaient tantôt au cinéma, tantôt à la patinoire. Au lieu de disparaître, le penchant que sa fille avait pour la solitude semblait s'être accru avec le temps.

Georgina poussa un faible soupir, l'esprit brusquement empli de doutes. Avait-elle eu raison d'enseigner à Christy qu'une femme devait être indépendante et responsable ? Parfois elle n'en était plus si sûre... Elle craignait notamment que son éducation ne l'ait dotée d'un tempérament trop individualiste, trop renfermé.

Cette constatation était si vraie que même en ce moment elle hésitait à parler à sa fille d'un problème qui la concernait. Comment Christy accepterait-elle ce qu'elle avait à lui confier ? Indécise Georgina Lawrence se mordit les lèvres avant de replacer sa tasse sur le plateau.

— Ma chérie, Simon est revenu, annonça-t-elle ensuite d'une voix calme.

Consciente que les yeux de sa mère étaient braqués sur elle, Christy s'appliqua à ne montrer aucune émotion.

— Je suppose que sa tournée en Amérique a été triomphale, rétorqua-t-elle. Je suis heureuse qu'il ait enfin obtenu le succès qu'il désirait tant. Je me rappelle que pour lui, c'était la seule chose qui comptait vraiment.

Elle avait prononcé cette phrase sans la moindre amertume, néanmoins Georgina l'examina, manifestement soucieuse.

— Rassure-toi, maman, je suis sincère. Simon Jardin n'est plus pour moi qu'un mauvais souvenir. Dieu soit loué, je ne suis plus l'adolescente naïve que j'étais, ajouta-t-elle avec calme.

Sur ce, elle se tut tandis que des images, des sensations confuses l'envahissaient. Simon... elle l'avait rencontré il y a six ans de cela et il lui avait volé son cœur, ses rêves. Il lui avait affirmé que les livres qu'il écrivait était l'élément essentiel de sa vie. Pour avoir cru que ce pourrait être elle, Christy avait terriblement souffert.

A l'époque, c'est l'éditeur de sa mère qui avait accepté le premier manuscrit de Simon. Maintenant il était une personnalité du monde littéraire, l'auteur de trois best-sellers. Ses livres étaient vendus hors du Royaume-Uni, c'est pourquoi il avait passé ces dernières années à l'étranger. Christy avait entendu dire qu'il s'était également attelé à la rédaction d'un nouvel ouvrage. Aujourd'hui, elle apprenait qu'il était de retour, et manifestement, cette annonce était censée la bouleverser.

Il suffisait d'observer Georgina pour en être convaincu. En effet, sa mère continuait à la fixer avec une expression inquiète.

— Je t'en prie, maman, arrête de prendre cet air catastrophé, la tança-t-elle non sans humeur. Soit, j'ai été amoureuse de M. Jardin, mais c'était une erreur de jeunesse. A présent, je suis une adulte et, que je sache, la planète ne va pas voler en mille morceaux sous prétexte qu'il est revenu.

En dépit de ces paroles catégoriques, un tremblement imperceptible l'avait saisie. Le fait est qu'elle n'avait pas toujours raisonné ainsi. A dix-huit ans, déçue, humiliée, elle avait pensé que le monde s'effondrait autour d'elle. Simon Jardin s'était montré si cruel à son égard, comment n'aurait-elle pas perdu pied ?

— Ce n'est pas tout, enchaîna Georgina bienveillante.

Les mains de Christy devinrent subitement glacées et une vague de chaleur monta jusqu'à ses joues brûlantes. « Seigneur, je vous en supplie, ne la laissez pas me dire que Simon est marié… ou amoureux d'une autre ». Cette prière muette traversa son esprit, rapide comme l'éclair.

— Jeremy veut que tu travailles pour lui cet été, poursuivit Mme Lawrence.

Quelques minutes s'écoulèrent avant que Christy ne réagisse. Depuis des années, elle avait presque oublié l'existence de Simon. C'est du moins la certitude avec laquelle la jeune fille avait vécu jusqu'à ce jour. Dans ces conditions, pourquoi avait-elle eu cette réaction impulsive, inattendue ? Que lui importaient les relations intimes de Simon, dans la mesure où il n'était plus rien pour elle ?

Cette conversation à propos de Simon était survenue à l'improviste. Là résidaient les causes de son trouble, conclut-elle en son for intérieur.

— Jeremy souhaite que je collabore avec lui ? répéta-t-elle, en maîtrisant le timbre de sa voix.

— Oui, ma chérie. Apparemment, le prochain livre de Simon a pour sujet les Caraïbes. L'action se déroule sous le règne d'Elisabeth I<sup>re</sup> et met en scène un aventurier. Il aurait navigué aux côtés de Sir Francis Drake puis choisi d'être un pirate. Simon a passé de récentes vacances aux Caraïbes et d'après lui, une légende locale rapporte les faits et gestes de cet homme. Il aurait péri dans un naufrage, délibérément causé par d'autres pirates. Simon est parvenu à situer l'endroit où le bateau serait englouti. Il a besoin d'une secrétaire, à la fois illustratrice et plongeuse de surcroît. Vous resteriez là-bas jusqu'à ce qu'il ait réuni toutes les pièces de ce puzzle.

— Pourquoi moi ?

Le regard qu'elle posa sur sa mère était méfiant, froid.

— Je te promets que je ne suis pour rien dans cette initiative. C'est Jeremy qui a mentionné ton nom, rappelant quel excellent travail tu avais accompli avec Miles, l'année dernière.

Malgré elle, Christy laissa échapper un soupir las. Miles Trent était un auteur qu'elle avait accompagné en Inde pour une durée de quatre mois. Jeremy Thomas, le directeur de la maison d'édition, l'avait persuadée d'ac-

12

cepter cet emploi. Elle avait donc servi d'assistante à l'écrivain qui rédigeait une saga sur l'Empire Britannique.

Leur collaboration s'était révélée beaucoup moins contraignante qu'elle ne se l'était imaginée. Bien qu'il soit quelqu'un de mondialement renommé, Miles avait été un compagnon charmant. De retour en Angleterre, il n'avait cessé de chanter les louanges de la jeune fille. A son avis, par son organisation méthodique, elle l'avait aidé à terminer son manuscrit plus vite que prévu.

Pour sa part Christy n'était pas dupe des compliments dont il la couvrait en particulier ou en public. Son opinion personnelle était que Miles était surtout ravi d'avoir eu une assistante insensible à son charme.

Pauvre Miles, ne put-elle s'empêcher de sourire au fond d'elle-même. Grand, blond, des yeux d'un bleu intense, une carrure d'athlète, telle était sa physionomie. Il ressemblait trait pour trait à un don Juan au pouvoir de séduction irrésistible. Hélas, ce physique attrayant était la source de tous ses malheurs.

Car Miles Trent était avant tout un écrivain sérieux, entièrement absorbé par les ouvrages qu'il écrivait. A son grand dam, la gent féminine ne l'entendait pas de cette oreille. Subjuguées par son apparence et le halo de célébrité qui l'entourait, de pulpeuses créatures tentaient régulièrement de le prendre dans leurs filets.

Lorsqu'il s'était rendu compte que Christy le considérait comme un employeur et pas davantage, sa satisfaction avait été évidente. Ils avaient conclu un pacte et durant leur séjour en Inde, elle lui avait servi de « protection » contre ses admiratrices.

Jouer ce rôle avait amusé Christy plutôt qu'autre chose, y compris lorsque la presse s'était emparée de cette soi-disant idylle. En ce qui la concernait, Miles était loin de représenter son idéal masculin, avait-elle songé à l'époque.

Un toussotement de sa mère la ramena au présent et elle expliqua avec une pointe d'ironie :

— Simon a peut-être prétendu qu'il me souhaitait comme collaboratrice — j'en doute néanmoins — et ce pour plusieurs raisons. Pourquoi préférerait-il une seule personne remplissant les fonctions de secrétaire, illustratrice, plongeuse ? Tu connais Simon, maman, il y a probablement une quantité de jeunes femmes qui seraient enchantées de travailler sous ses ordres.

— En l'occurrence, je crois que tu te trompes, argua Georgina Lawrence avec douceur. Non seulement il te veut, toi, mais il a pris la peine de me l'affirmer les yeux dans les yeux. Il a insisté sur le fait que tu as ton diplôme de plongée sous-marine.

— Dis-lui que je ne sais pas nager, répliqua Christy avec fougue. Je n'ai pas besoin de ce travail, maman... D'ailleurs j'avais l'intention de me reposer en juillet et août.

— Christy... Je suis navrée, mais il a l'air déterminé à obtenir ton consentement.

Le mot « déterminé » la frappa comme une gifle et le gris de ses yeux s'assombrit.

— Il a l'intention de venir te voir afin que vous en discutiez. Si tu refuses de le recevoir, il...

— ... comprendra que je souffre encore d'une dose massive de désillusions, compléta Christy avec une ironie forcée. Eh bien, qu'il pense ce que bon lui semblera ! Je n'ai pas envie d'accepter un travail qui ne me plaît pas simplement pour ménager la susceptibilité de Simon Jardin.

— Evidemment, si tu réagis ainsi, il vaut mieux que tu déclines cette offre.

Sa mère avait employé un ton désabusé, qu'elle ponc-

14

tua d'un geste vague de la main. Christy plissa les paupières et la considéra avec une expression suspicieuse. Chaque fois que Georgina affichait cette sorte de détachement, cela signifiait en fait qu'elle n'était pas d'accord.

— Tu me désapprouves, n'est-ce pas ? l'interrogea-t-elle en se raidissant sur son siège.

— Ma chérie, la question n'est pas là, souligna gentiment Mme Lawrence. Ce qui m'inquiète, c'est la raison pour laquelle tu es si farouchement opposée à ce projet. Puisque Simon ne t'es plus rien, je ne vois pas où réside le problème. Le mois dernier encore, tu me rebattais les oreilles avec l'idée d'un voyage aux Caraïbes. L'unique obstacle qui te retenait paraissait être l'aspect financier.

— Je songeais à des vacances, non à un emploi, trancha-t-elle avant d'argumenter. De plus, tu as deviné juste, au fond Simon ne m'est pas totalement indifférent. Je le déteste et notre collaboration serait un désastre.

Georgina garda le silence quelques instants, comme si elle méditait les paroles de sa fille.

— Je suppose que tu es assez grande pour savoir ce qui te convient, lâcha-t-elle fataliste. Néanmoins, je crois que Simon tentera l'impossible pour t'influencer. Ce livre est très important pour lui, Christy. Il a déjà accompli de nombreuses recherches dans le but d'écrire cette histoire. Pourtant ce séjour aux Caraïbes est déterminant s'il veut mener son ouvrage à terme.

— Et naturellement, personne ne doit entraver les ambitions de Simon Jardin, rétorqua Christy, cynique. Jadis il m'a sacrifiée à son œuvre, maman, et je ne le laisserai pas recommencer.

Par un accord tacite, elles décidèrent d'abandonner ce sujet de conversation. Bientôt Georgina monta à l'étage supérieur et Christy s'allongea sur la pelouse. Hélas, elle ne parvint pas à se détendre tant elle était énervée. Les derniers rayons du soleil jouaient sur l'herbe, projetant des ombres au dessin fantaisiste.

Plongée dans ses réflexions, elle les regardait d'un œil distrait. En refusant cet emploi, elle avait fait un choix raisonnable, ruminait-elle, face à un interlocuteur invisible. Bien que cicatrisée, la blessure qu'il lui avait infligée n'était pas entièrement guérie. Toutefois, elle était définitivement immunisée contre son charme.

Alors pourquoi ne pas accepter d'être son assistante durant une courte période ? Si Miles le lui avait proposé, elle n'aurait pas hésité une seule seconde, jugea-t-elle honnêtement. Simon lui était-il aussi indifférent qu'elle le prétendait ? Bien sûr que non, concéda-t-elle en son for intérieur.

Outre la rancœur, son prénom soulevait en elle un mélange de sensations confuses. En dépit de sa volonté d'oublier, le passé lui revenait douloureusement en mémoire. A cause de Simon, elle avait vécu son adolescence comme une époque où elle était brutalement passée du rire aux larmes. Dieu soit loué, le temps les avait séchées et elle avait recouvré son équilibre. Pourtant il était fragile et Christy ne cherchait pas à se le cacher.

En admettant qu'elle collabore avec Simon, il lui faudrait feindre une impassibilité qu'elle ne possédait pas. Peut-être se trompait-elle, mais son compagnon ne manquerait pas d'en prendre ombrage. Car Simon Jardin était de ces hommes qui réclament l'attention de toutes les femmes qui croisent leur chemin. Même si de son côté il ne leur accordait pas le moindre intérêt.

A quoi bon concentrer ses pensées sur quelqu'un qui l'avait torturée jusqu'au supplice, se tança-t-elle, furieuse contre elle-même. Elle ferma les yeux, s'efforçant de se décontracter, mais presque aussitôt des images s'imposèrent à son esprit.

De nouveau elle avait dix-huit ans et venait de terminer son école de secrétariat. Physiquement, elle n'avait pas beaucoup changé par rapport à cette époque. Quoi qu'alors ses gestes soient moins assurés et son visage reflétait les multiples émotions qui la traversaient.

Sa mère était partie pour Londres durant une semaine et avait téléphoné afin de prévenir qu'elle rentrait. Elle serait en compagnie de deux invités, avait-elle précisé au bout du fil. L'un était son éditeur, l'autre un écrivain de talent que Jeremy avait inclus dans son équipe.

Après la communication, Christy était retournée s'installer dans sa chaise longue, sous un arbre. Elle connaissait Jeremy Thomas depuis l'âge de cinq ans. Lui et de nombreux visiteurs appartenant au monde littéraire avaient souvent séjourné au cottage.

Elle se trouvait dans le verger, plongé dans la lecture d'un roman quand ils arrivèrent. D'ordinaire elle se serait levée afin de les accueillir, mais aujourd'hui c'était inutile. Mme Carver qui venait deux fois par semaine pour le ménage était debout sur le perron et s'en chargerait. Elle les rejoindrait plus tard dans le salon, dès qu'elle aurait changé de tenue.

Il était évident qu'elle ne pouvait se présenter vêtue d'une jupe de tennis froissée et d'un vieux tee-shirt. Aujourd'hui elle n'avait pas prévu de sortir, c'est pourquoi elle portait ces habits usagés dans lesquels elle se sentait à l'aise.

Elle s'apprêtait à reprendre la lecture interrompue quand quelqu'un se pencha par-dessus son épaule. L'instant suivant, une voix masculine, au timbre profond, lisait à haute voix son ouvrage. Impulsivement, elle referma le volume qu'elle tenait à la main. Elle avait horreur qu'on la dérange pendant ses heures de repos.

Sa bouche couleur framboise se pinça légèrement sous l'effet de la contrariété. Elle réprima la rage qui s'était emparée d'elle et considéra celui qui jouait les intrus. Il s'était avancé d'un pas et se dressait devant elle, lui masquant le soleil. Sa stature était plus grande que la moyenne, ses épaules larges. Il portait un jean en toile, une chemisette négligemment ouverte sur sa poitrine. Malgré elle, Christy se sentit troublée en apercevant le torse puissant, recouvert d'une fine toison.

— A votre âge, vous devriez expérimenter la vie au lieu de l'apprendre dans les livres, se moqua-t-il.

Il l'examinait de la tête aux pieds avec une telle acuité que ses joues s'empourprèrent. Son regard s'attardait sur les longues jambes hâlées, les bras nus. Il était immobile à un mètre d'elle et pourtant Christy avait l'impression que c'étaient ses doigts qui la caressaient. Désorientée, elle sursauta violemment en l'entendant éclater d'un rire clair.

— Ainsi donc, vous êtes la fille de Georgina, décréta-t-il sans la quitter des yeux. La « sauvageonne », comme elle vous appelle. Je me demande combien de temps cela prendrait pour vous apprivoiser.

Cette remarque était si insolente, si inattendue qu'elle ouvrit la bouche mais aucun son n'en sortit. Néanmoins son visage devait trahir sa fureur car l'inconnu lui décocha un sourire goguenard.

— Si je ne me tais pas sur-le-champ, je crois que vous allez me griffer tel un chaton en colère. C'est drôle, vous êtes sa fille pourtant vous ne ressemblez pas du tout à votre mère, conclut-il.

Curieusement, cette phrase eut le don de l'exaspérer au-delà de toute mesure. D'un bon, elle était debout et le fusillait du regard.

— J'ignore qui vous êtes, mais vous ne manquez pas d'un certain aplomb, intervint-elle, serrant les poings.

— Je suis un ami de Georgina et elle m'a envoyé vous chercher, rétorqua-t-il sans se départir de son calme.

Un rayon tombait sur ses cheveux qui étaient d'un noir

de jais. Les mèches courtes, à peines bouclées au niveau des tempes, brillaient d'un éclat sombre, presque bleuté. Il avait le teint mat, — tout comme elle — pourtant c'est la couleur de ses yeux qui la surprit. Ils étaient constellés de paillettes topaze ou ambre. En vérité c'était difficile à définir tant les deux nuances se confondaient. Fascinée, elle ne pouvait en détacher les siens dont le gris avait viré à l'anthracite.

— Vous ne ressemblez pas à votre mère mais cela n'empêche pas que vous êtes ravissante, l'informa-t-il sur un ton sincère.

— Je vous dispense de vos flatteries, avait-elle répliqué, cassante.

Alors que ce compliment lui était allé droit au cœur, en précipitant les battements. Jamais elle ne s'était sentie aussi bouleversée par une présence masculine. Confuse, elle ramassa son livre, tira machinalement sur les plis de sa jupe trop courte.

— Allons, venez... On nous attend, dit-il simplement.

Sans autre forme de cérémonie, il effleura son épaule de ses doigts fins, déliés. A ce contact furtif, elle frissonna imperceptiblement malgré la tiédeur qui régnait dans l'air.

Il l'avait précédée en direction du cottage tandis qu'elle accélérait le pas afin de ne pas se laisser distancer. Avec le recul, Christy se rendait compte qu'elle l'avait suivi sans hésiter, sans réfléchir. Elle se rappelait même l'étrange gaieté qui l'habitait soudain pendant qu'elle marchait à ses côtés.

Probablement trop émue, elle avait trébuché contre une pierre et il l'avait rattrapée de justesse avant qu'elle ne tombe. A nouveau, il avait plongé ses yeux dorés dans les siens puis l'avait relâchée sans prononcer un mot. Ses lèvres avaient dessiné un sourire ambigu dont elle n'avait compris la signification que beaucoup plus tard. Nul doute qu'à cet instant, le séduisant Simon Jardin savait déjà qu'elle avait succombé à son charme ? Seigneur, quelle adolescente naïve elle avait été, se souvint-elle dans un soupir.

— Christy !

Elle tressaillit et considéra la pelouse complètement à l'ombre. Au loin, derrière les collines nimbées de rose, le soleil était en train de se coucher.

— J'arrive, maman ! cria-t-elle en retour.

Prestement elle se mit debout, secoua la tête comme pour en chasser les fantômes du passé. Elle brossa les herbes qui étaient accrochées à son short et gagna la maison.

## 2

— Ce voyage à Londres m'a épuisée et je vais monter dans ma chambre, indiqua Georgina Lawrence.

Elle étouffa un bâillement tout en examinant sa fille qui débarrassait la table.

— Et toi, ma chérie ?

— Ma journée n'a pas été aussi fatigante que la tienne. Je me coucherai plus tard, rétorqua gentiment Christy.

En vérité, elle se sentait beaucoup trop contractée et dans ces conditions n'aurait pu trouver le sommeil. Bien que le sujet n'ait plus été abordé pendant le repas, elle savait que Georgina souhaitait qu'elle accepte l'offre de Simon.

Après avoir souhaité « bonsoir » à sa mère, elle pénétra dans le salon réservé à la musique. Parmi les nombreux disques, elle en sélectionna un de Haendel. Aussitôt la mélodie harmonieuse d'un violon s'éleva dans la pièce. Elle s'adossa au creux d'un fauteuil et ferma les yeux, écoutant les notes qui coulaient telle une source claire.

Simon s'était souvent moqué de son goût pour la musique classique.

— Cela correspond à votre nature romantique et c'est pourquoi vous l'appréciez, n'est-ce pas ? Pourtant la vie n'est pas à l'image de ces symphonies sirupeuses, lui avait-il signalé un jour, méchamment.

Un pauvre sourire flotta un instant sur les lèvres de Christy. Avec une acuité douloureuse, elle se remémorait la première fois où il l'avait embrassée. Simon était passé la chercher au volant d'un cabriolet rouge vif. Le toit était décapotable et elle s'était extasiée devant le véhicule.

— C'est celui d'un célibataire, un plaisir qu'il s'offre avant d'être pris au piège du mariage, avait-il grommelé sur un ton âpre. Un époux digne de ce nom achèterait une automobile familiale. Ma voiture, elle, ne comportera jamais qu'un seul siège, celui du passager.

Le soleil brillait haut dans le ciel et Christy n'avait pas prêté attention à ses paroles. Rétrospectivement elle se rendait compte qu'elles étaient cependant lourdes de sens. Mais cette fois-là elle était trop heureuse, trop insouciante pour s'y arrêter.

Ils étaient descendus au bord de l'eau, sur une plage que la jeune fille et sa mère avaient coutume de fréquenter. Invisible de la route, la crique était abritée du vent par une barrière de rochers. Lorsque Simon et Christy l'atteignirent, elle était déserte comme d'habitude.

Sitôt les serviettes dépliées sur le sable, il entreprit de se dévêtir. En l'espace d'un instant, il avait ôté son pantalon de toile et sa chemise. Il portait un maillot de bain noir plutôt petit et elle ne put s'empêcher d'admirer son corps athlétique. Les muscles de son torse étaient puissants, sa peau bronzée par le soleil de juillet.

Subitement consciente du regard indiscret qu'elle fixait sur lui, elle s'était dépêchée de se déshabiller. Toutefois, elle avait du mal à maîtriser le sentiment de gêne qui la gagnait. D'ordinaire elle venait seule ici, avec

22

Georgina. Aujourd'hui le fait qu'elle y soit en compagnie d'un quasi inconnu, appartenant au sexe masculin de surcroît, la troublait.

Sa mère et Jeremy Thomas étaient restés au cottage afin de travailler sur un programme d'éditions pour l'automne. C'est Georgina qui avait suggéré cette sortie à la plage. Si bien que Christy avait été décemment dans l'impossibilité de refuser. Toutefois, elle n'était pas aussi détendue qu'elle l'aurait souhaité.

Elle laissa choir sa jupe sur le sol et apparut dans un deux pièces blanc et bleu. Elle eut l'impression d'être nue quand il se mit à la détailler ouvertement du haut en bas. Pourtant son bikini n'était pas si minuscule, elle avait vu bien pire dans les magazines de mode, songea-t-elle, nerveuse.

Ce qu'elle ignorait, c'est à quel point le maillot mettait en valeur sa silhouette svelte et élancée. Ainsi ses jambes au galbe parfait paraissaient plus longues, sa taille plus étroite encore. Une étrange lueur brilla au fond des yeux qui étaient fixés sur elle. C'était un mélange d'admiration et de quelque chose d'intense qui la plongea dans un état fébrile. Afin de le dissimuler, elle protesta d'une voix rageuse :

— Cessez de m'observer ainsi, voulez-vous ? Personnellement, je trouve cela insupportable.

— Vraiment ? avait-il répliqué, un curieux sourire aux lèvres. Et comment comptez-vous m'interdire de vous regarder ?

Tout en parlant, il s'était rapproché d'elle jusqu'à ce qu'elle respire le parfum musqué de son eau de toilette.

— Je ne fais pourtant rien de répréhensible en posant mon regard sur vous, argumenta-t-il. En réalité, je pourrais adopter un comportement beaucoup moins sage. Il suffirait que je vous embrasse, comme ça.

Joignant le geste à la parole, il se pencha et s'empara

brusquement de ses lèvres. Il prit son visage entre ses paumes et elle lui rendit son baiser sans même réfléchir. Pourquoi lui aurait-elle résisté alors que son cœur battait la chamade, et qu'elle chancelait, en proie à un vertige ? D'ailleurs leur étreinte dissipait tous ses doutes, ses réticences. Simon l'aimait... et dans quelques mois il lui demanderait de l'épouser. Certes, il n'en avait pas encore été question entre eux. Cependant elle était certaine de ne pas se tromper. La façon dont il la contemplait parfois, celle dont il l'avait enlacée, témoignaient qu'un jour, ils seraient mari et femme.

Mon Dieu, pensa Christy au moment où le disque sur la platine s'arrêtait. Quelle oie blanche elle avait été d'échafauder de pareilles chimères. Imaginer Simon Jardin dans le rôle d'un mari où d'un père attentionné était tout simplement ridicule. A l'époque plus encore que maintenant, il était absorbé par sa carrière. Elle ne s'en était pas aperçue parce que les sentiments qu'elle lui portait l'avaient rendue aveugle.

Après qu'il l'eut embrassée, il s'était allongé sur sa serviette avec un calme imperturbable. Tandis que de son côté, elle s'efforçait tant bien que mal de reprendre ses esprits. Quelques minutes de silence s'étaient écoulées au terme desquelles il s'était appuyé sur un coude.

— Vous seriez gentille de me passer de la crème dans le dos, avait-il suggéré en la dévisageant. Les rayons du soleil sont particulièrement ardents et je n'ai pas envie de rôtir.

Sur ce, il s'installa sur le ventre sans attendre sa réponse. Pétrifiée, Christy demeurait muette comme une carpe. L'idée de toucher ce corps athlétique, remarquablement proportionné, la terrifiait. Elle n'y arriverait pas, c'était au-dessus de ses forces !

— Le tube d'ambre solaire est sur votre gauche, la

24

renseigna-t-il à cet instant. Qu'attendez-vous, que je sois brûlé et que ma peau parte en lambeaux ?

Bien que cette plaisanterie ne l'ait pas déridée, elle s'exécuta. Elle versa une dose de crème au creux d'une de ses mains et entreprit de le masser avec application. Sous ses doigts, elle percevait les muscles fuselés, le grain satiné de ses épaules.

Jamais elle n'avait pratiqué un tel exercice sur un homme. Néanmoins, elle était obligée de s'avouer qu'elle n'éprouvait aucune répulsion à s'en acquitter. Au contraire, admit-elle à sa grande honte, sentant ses joues s'enflammer.

En effet Simon avait une peau douce, chaude qu'elle prenait plaisir à caresser.

— Ma poitrine, à présent, lui intima-t-il de but en blanc.

Il se retourna et feignit de contempler un point quelconque perdu dans les nuages. Elle hésita puis obtempéra avec des gestes d'automate. Timidement, elle effleura son torse, remonta le long de ses côtes. Avant qu'elle n'ait eu le temps de réaliser, les bras de Simon se refermèrent sur elle. Elle émit un « oh » de surprise, qu'il étouffa aussitôt sous un baiser ardent.

— Je vous avais demandé de mettre de la crème, pas davantage, chuchota-t-il ensuite à son oreille. Avez-vous seulement conscience de l'effet que vos mains ont sur moi ?

Christy se taisait, ne sachant pas sur quel pied danser. Naturellement, Simon s'était exprimé sur le ton de la boutade. Toutefois, ses yeux couleur d'ambre semblaient tout à coup plus graves, plus pétillants.

— Je... je regrette, balbutia-t-elle, totalement désorientée.

— C'est inutile, précisa-t-il sourdement. D'ailleurs me suis-je plains de quoi que ce soit ?

A ces mots, il s'empara à nouveau de sa bouche avec une violence telle qu'elle poussa un gémissement. Il s'était mis à explorer son corps avec une science qui soulevait en elle des flots d'émotions incontrôlables. Il la pressa plus étroitement contre lui et Christy murmura une phrase incompréhensible. Comme lorsqu'elle était enfant sur un manège, le paysage s'était mis à tourner autour d'elle.

— Je ne crois pas que vous ayez besoin de cela, n'est-ce pas ? l'entendit-elle s'enquérir avec douceur.

Il dénoua les attaches qui encerclaient son cou sans qu'elle proteste. Du bout des doigts, Simon frôla la pointe de ses seins et elle réprima un cri de volupté. Des sensations dont elle n'avait jamais soupçonné l'existence la submergeaient. Mais quand il devint plus audacieux, s'aventurant vers les contours de ses hanches, son ventre plat, elle éprouva un sentiment de panique.

Son être tout entier se tendait vers cet homme, pourtant sa fougue l'effrayait. Certes, elle voulait être à lui corps et âme mais pas dans ces conditions, pas ici. Car ce n'était pas ainsi qu'elle s'était imaginée le lieu et le moment où elle s'abandonnerait entre ses bras. Elle avait plutôt rêvé d'une confortable chambre d'hôtel, qu'il aurait réservée pendant leur voyage de noces. Près d'elle, Simon serait tendre afin de lui apprendre ce qu'était le plaisir. A l'opposé, elle voyait aujourd'hui un être dont les yeux de tigre jetaient des lueurs fauves. Blottie contre sa poitrine, ne ressemblait-elle pas à une biche aux abois ?

Il avait probablement perçu son anxiété puisqu'il la repoussa avec une sorte d'exaspération.

— Partons avant qu'il ne soit trop tard, annonça-t-il, la voix haletante. Je pense que c'est préférable. D'ailleurs vous n'êtes pas encore prête pour ce que je veux de vous. En ce cas, nous pourrions tous deux regretter un moment d'égarement.

Sans autre commentaire, il se leva et balaya en arrière la mèche noire qui barrait son front. En quelques enjambées, il avait atteint le bord de l'eau et plongeait dans les vagues. Christy le suivit du regard, trop tremblante pour bouger d'un centimètre. Une brise soufflait de la mer, elle aspira une profonde bouffée d'air. Petit à petit, le tumulte intérieur qui l'habitait diminua d'intensité.

Au fur et à mesure qu'elle y réfléchissait, elle comprenait la réaction abrupte de son compagnon. Un masque avait durci ses traits quand il s'était détaché d'elle. A l'évidence, cette attitude signifiait qu'il était conscient d'avoir perdu son sang-froid. Simon l'aimait et ne souhaitait pas abuser d'elle avant qu'ils ne soient mariés.

Christy soupira et considéra machinalement les murs du salon où elle se trouvait. Elle avait été stupide d'échafauder de telles chimères, se dit-elle non sans amertume. Simon avait été attiré par la charmante jeune fille qu'elle était et rien de plus. Cet après-midi-là, la frustration et non l'amour lui avait donné ce visage rageur. Hélas, l'adolescente romantique qu'elle était n'avait pas su interpréter correctement un fait aussi simple. Elle avait continué à bâtir des châteaux en Espagne, un édifice en carton pâte qui s'était bientôt effondré.

Elle s'agita au creux du fauteuil, cherchant à démêler pour la énième fois les fils qui l'avaient conduite à commettre une aussi grossière erreur de jugement. Elle se souvenait d'un détail a priori anodin qui aurait dû l'alerter.

Il s'agissait d'une remarque que Simon lui avait adressée avant de quitter la plage. Subitement, il s'était arrêté net et l'avait scruté avec attention.

— Vous n'ignorez pas ce que je veux de vous, n'est-ce pas, Christy ? l'avait-il questionnée sans détour.

Elle s'était méprise sur le sens de ses paroles et s'était empressée de rétorquer :

— Non, puisque moi aussi je le souhaite plus que tout au monde.

Si elle s'était rendue compte des implications de cette simple phrase, elle aurait certainement rougi jusqu'à la racine des cheveux. En effet un terrible malentendu s'était glissé entre eux à cette seconde précise. Car à son insu, elle venait d'accepter de passer une nuit en sa compagnie. Et dans cet engagement mutuel auquel elle consentait de son plein gré, le lien qui les unirait resterait purement physique. Pour sa part, Simon n'avait jamais pensé autre chose, se remémora-t-elle, le cœur serré.

Néanmoins elle s'était cachée la vérité jusqu'à ce qu'il détruise ses illusions. Sans ambages, il lui avait expliqué qu'il n'était pas amoureux d'elle. Quant à se marier avec elle, c'était une idée qui n'avait jamais traversé son esprit.

Cette évocation du passé était douloureuse, et malgré elle, ses épaules se voûtèrent imperceptiblement. De fait, elle se sentait lasse tout à coup et décida de monter se coucher. Elle se mit debout, éteignit la platine puis la lumière dans la pièce. Une fois adossée contre ses oreillers, elle hocha la tête comme si elle poursuivait un dialogue intérieur.

Au cours de ces dernières années, de nombreux hommes lui avaient fait une cour assidue. A plusieurs reprises, elle était sortie, tantôt au restaurant, tantôt au cinéma. Ses prétendants s'étaient tous heurtés à une barrière invisible qu'elle dressait entre eux et elle. Il en résultait qu'ils s'étaient découragés, ce qui finalement satisfaisait Christy. La solitude ne lui pesait pas et lui semblait préférable à des aventures sans lendemain.

Le seule problème était qu'à vingt-quatre ans, elle n'avait toujours pas connu ce monde voluptueux dont

Simon Jardin lui avait entrouvert les portes. Certes, elle n'était plus la jeune fille inexpérimentée qui avait croisé son chemin. Cependant l'univers sensuel qu'un homme et une femme partageaient comportait encore pour elle une part de mystère.

A son âge, c'était un peu ridicule, estima-t-elle en esquissant un sourire cynique. Cette idée la complexait, bien qu'elle ne soit pas prête à se jeter pour autant au cou du premier venu. Nul doute que si le célèbre écrivain l'avait appris, il n'aurait pas manqué d'en rire. Dieu soit loué, il n'existait aucune raison pour qu'il le sache, se rassura-t-elle, le rouge aux joues. Simon Jardin était absent de sa vie privée et elle le maintiendrait à l'écart de sa vie professionnelle. Sa mère la désapprouvait et elle perdrait le bénéfice d'un voyage aux Caraïbes mais tant pis !

Cette détermination l'apaisa car elle ne tarda pas à sombrer dans un sommeil calme. Au matin, elle se réveilla fraîche et dispose tandis qu'un soleil radieux illuminait le ciel. La journée s'annonçait belle et chaude, constata-t-elle après avoir ouvert ses volets. Elle jeta un bref coup d'œil à la pendule posée sur la table de chevet. Il était sept heures trente, c'est-à-dire beaucoup trop tôt pour qu'elle descende. Elle hésita, puis se glissa de nouveau entre les draps tièdes, et saisit un livre déjà commencé.

Le coin d'une des pages était plié, indiquant qu'elle avait interrompu sa lecture à cet endroit. Elle parcourut quelques lignes avant de l'abandonner sur ses genoux.

La veille, Georgina Lawrence avait bouleversé sa fille en prononçant un certain prénom. Depuis, Christy avait l'impression qu'une bobine de film dévidait des images dans sa mémoire. Malheureusement, la seule qui la hantait était celle de Simon. La jeune fille le revoyait comme si c'était hier... Simon avec son teint mat, ses cheveux bruns contrastant avec l'encolure blanche de son tee-shirt. Il avait suggéré une partie de tennis et se déplaçait sur ses jambes musclées, rapide, souple comme un félin.

Comment s'était produite cette scène pénible qui les avaient opposés l'un à l'autre ? Christy fronça les sourcils, ses lèvres se plissèrent sous l'effet de la concentration. Georgina avait invité son éditeur et le nouvel écrivain à prolonger leur séjour au cottage. Entièrement absorbée par son travail, elle ne s'était pas aperçue du danger qu'il représentait pour l'adolescente. Christy était d'un caractère secret et avait gardé pour elle son tendre penchant.

Un soir, après le dîner, sa mère annonça que Jeremy et elle allaient à l'hôpital visiter un de leurs amis malade. Simon et Christy étaient demeurés seuls dans la vaste maisonnée silencieuse. La jeune fille avait longuement hésité avant d'affronter celui qui la tenait serrée dans ses bras. Une question angoissante la torturait et elle souhaitait en avoir le cœur net.

— Vous… vous n'êtes pas fâché contre moi à cause de la dernière fois sur la plage ? risqua-t-elle d'une petite voix. Je vous aime, vous savez, mais j'avais peur de…

Elle s'était tue, paralysée par les yeux topaze qui la fixaient soudain avec une expression indéfinissable.

— Vous m'aimez vraiment ? avait-il répété sur un ton impersonnel. Soit, alors montons dans ma chambre et donnez-m'en la preuve.

Sous le choc, elle avait titubé, se demandant si elle avait bien entendu.

— Que vous arrive-t-il ? avait-il renchéri, sarcastique. Etes-vous sûre que c'est moi que vous aimez ou simplement le prince charmant de vos rêves ? Est-ce moi que vous voulez, Christy ou plutôt le mariage ? Je serai franc car ma sincérité nous épargnera une perte de temps inutile. Ma carrière est encore à construire et je n'ai pas

30

envie de me mettre la corde au cou. Je peux vous faire une place dans ma vie mais je ne peux vous garantir qu'elle sera permanente.

Chacun de ses mots était comme une lame chauffée à blanc qui s'enfonçait dans sa poitrine.

— Vous ne voulez pas de moi ! cria-t-elle puérilement dans son désespoir.

— Oh si, je vous veux, avait-il lâché, en la transperçant d'un regard intense.

— Mais je vous aime !

A son grand désarroi, il avait éclaté d'un rire sonore qui l'avait glacée.

— Ce que vous ressentez n'a rien à voir avec l'amour, avait-il tranché sèchement. Ce que vous ressentez est simplement une attirance physique. Seulement voilà, comme vous l'avez si bien dit, vous avez peur. Vous êtes curieuse de découvrir votre sensualité mais en contrepartie je suis censé vous offrir une alliance. Vous êtes semblable à un bébé qui réclamerait son ours ou sa couverture pour se rassurer.

— Je vous déteste, avait-elle hurlé.

Avant de pivoter sur ses talons et de s'enfuir hors de sa vue afin de dissimuler les larmes qui montaient à ses paupières. Elle le haïssait pour avoir détruit ses chimères avec tant de cruauté.

Le lendemain, elle avait soigneusement évité de le rencontrer. Mais le soir venu, le cœur battant à tout rompre, elle avait poussé la porte de sa chambre. Le torse nu, il était allongé sur son lit et rédigeait des notes sur un morceau de papier. Une faible lumière éclairait la pièce, donnant à sa peau les reflets dorés d'une statue antique. Il possédait la beauté du diable et elle l'aimait, c'était une évidence, s'avoua-t-elle mentalement.

A son entrée, il avait levé la tête et maintenant il l'observait, impassible.

— Pourquoi êtes-vous ici ? l'interrogea-t-il enfin sans aménité.

A tout instant, ses jambes menaçaient de se dérober sous elle mais elle avança jusqu'à sa hauteur.

— Je veux vous appartenir, avait-elle murmuré avec la sensation de se jeter à l'eau sans savoir nager.

Si c'était là le prix à payer pour lui prouver qu'elle l'aimait, alors elle ne reculerait pas. Rétrospectivement, cette scène lui paraissait ridicule, estima Christy. Nul doute qu'elle devait ressembler à une héroïne de tragédie grecque. Elle devait pourtant être émouvante puisque les paillettes d'ambre s'étaient comme voilées, elle en était certaine.

Mais quelqu'un comme Simon Jardin ne succombe pas au charme d'une adolescente naïve. Vite, il s'était ressaisi et l'avait enlacée par la taille, froissant la légère chemise de nuit qu'elle portait.

Au contact de ses mains, elle avait tressailli, à la fois troublée et effrayée.

— Soyez sage, mon petit agneau destiné au sacrifice, s'était-il moqué, lui ôtant son vêtement.

Il avait contemplé sa nudité pendant qu'elle s'offrait à son regard, gravement et sans coquetterie. Ses lèvres s'étaient emparées des siennes, provoquant en elle un tourment délicieux.

— J'espère que vous vous rappelez notre accord ? avait-il soufflé contre sa bouche, haletant.

Comme frappée par une gifle invisible, elle s'était raidie, livide tout à coup.

— Vous ne m'aimez vraiment pas ? avait-elle balbutié, levant vers lui un visage aux traits tendus.

— Non, absolument pas. Je vous désire follement, mais c'est tout, Christy. Et si vous étiez honnête envers vous-même, vous partageriez mon avis.

— C'est faux !

D'un geste violent, elle s'était arrachée à son étreinte, avait ramassé le tissu transparent qui traînait sur le sol. Telle une somnambule, elle avait regagné sa propre chambre où elle s'était effondrée en pleurs. Jusqu'à l'aube, elle avait sangloté dans son oreiller, blessée, humiliée. Désormais elle ignorait qui, des deux, était celui qu'elle haïssait le plus. Simon Jardin parce qu'il l'avait repoussée sous prétexte qu'elle lui était indifférente. Où elle, Christy, parce qu'elle s'était comportée comme une gamine écervelée.

A partir de cette date, la jeune fille avait traité son invité avec une froide politesse. Ce changement d'attitude avait été noté par Jeremy Thomas qui, soupçonnant un problème, avait écourté leur séjour. A peine les deux hommes avaient-ils bouclé leurs bagages que Christy s'était confiée à sa mère.

Mise au courant, celle-ci n'avait pas manqué de se blâmer pour son manque de clairvoyance. Ensuite, elle s'était évertuée à réconforter son enfant du mieux qu'elle pouvait.

— Simon est un célibataire endurci, ma chérie. Il est également un homme extrêmement séduisant qui aurait tourné la tête à n'importe quelle jeune fille. Console-toi, les peines de cœur finissent toujours par se cicatriser.

Bien sûr, Christy n'avait pas cru à cette promesse mais le temps s'était chargé de lui prouver qu'elle était pourtant vraie. A présent, elle ne souffrait plus de l'attirance non réciproque qu'elle avait eue pour Simon. N'empêche qu'il aurait pu la congédier avec davantage de délicatesse, conclut-elle dans un soupir.

Une sonnerie stridente retentit et elle sursauta, brusquement arrachée à ses réflexions. Il devait être huit heures et demie car son réveil était programmé en permanence à cette heure-là. Elle consulta le cadran dont les aiguilles la confortèrent dans cette idée.

Aussitôt elle rejeta ses draps, enfila sa robe de chambre et descendit les escaliers menant au rez-de-chaussée. Georgina avait coutume de travailler tard, si bien que Christy préparait chaque matin le petit déjeuner. Elle achevait de verser l'eau bouillante dans la théière quand la porte d'entrée grinça. C'était étonnant dans la mesure où Mme Carver n'était pas de service aujourd'hui.

Mue par un pressentiment, elle se retourna avec lenteur et reconnut celui qui était nonchalamment appuyé contre le chambranle. Six années n'avaient pas transformé son visage ni sa silhouette. Peut-être était-il un peu plus mince mais ses cheveux courts conservaient la même teinte d'un noir de jais. Sa peau était hâlée, ses yeux possédaient toujours cette fascinante couleur ambre.

— Bonjour, Simon.

Elle se félicita que sa voix ne trahisse pas le tremblement intérieur qui s'était emparé de tout son être.

— Bonjour, Christy.

Un pesant silence succéda à cet échange de paroles laconiques. Son compagnon le rompit le premier et la questionna, allant droit au but :

— Votre mère a dû vous entretenir de mon nouveau projet de livre. J'ai besoin d'une assistante et je souhaiterais que ce soit vous.

— Non, affirma-t-elle, catégorique.

— Ainsi, vous ne m'avez pas encore pardonné. Pourtant bien de l'eau a coulé sous les ponts depuis notre dernière rencontre. Ce voyage aux Caraïbes, beaucoup de personnes vous l'envieraient, mais vous, vous refusez. Mon Dieu, de quoi avez-vous peur ? s'emporta-t-il subitement. Craignez-vous que je ne vous importune, que je n'abuse de vous ?

— Certainement pas, décréta-t-elle sèchement. En fait, vous ne m'effrayez plus du tout. Non, je ne suis pas intéressée par ce poste, voilà la raison de mon refus.

34

En une enjambée, il était près d'elle et saisissait son menton entre ses doigts avant qu'elle n'ait pu réagir.

— Eh bien, vous avez grandi, n'est-ce pas ? railla-t-il. Et comment avez-vous employé ces années de liberté, dites-moi ?

Agacée par son ton condescendant, un rien paternaliste, elle maîtrisa la colère qui la gagnait et susurra :

— J'ai survécu à notre rupture et je me suis divertie aussi souvent que possible. A notre époque, on ne meurt plus d'une peine de cœur, précisa-t-elle, sarcastique.

— Vous avez raison, il vaut mieux devenir une adulte qui rumine sa vengeance, riposta-t-il. Néanmoins, je me demande si ce vernis que vous affichez est aussi solide que ça.

— Je suis désormais capable d'affronter des hommes tels que vous, Simon, l'informa-t-elle avec hauteur. Et maintenant, cessez de me harceler, je vous prie. Je connais des dizaines de secrétaires qui seront enchantées de collaborer avec vous.

Tout en parlant, elle s'était écartée de lui et sans autre commentaire, elle poursuivit son activité. A l'instant où elle posait la théière sur le plateau, il attrapa son poignet au vol.

— Puisque pour vous je suis dorénavant un étranger, acceptez mon offre. Accompagnez-moi et je vous promets de ne pas mettre votre prétendue indifférence à l'épreuve.

A cette répartie pleine d'arrogance, elle lui jeta un regard foudroyant tandis que ses lèvres se serraient sous l'effet de la contrariété.

— Pourquoi moi comme assistante, s'enquit-elle, amère. En tant qu'écrivain célèbre, vous devez pourtant avoir le choix.

— Vos compliments me flattent, grinça-t-il, mais il s'avère que je ne suis pas prêt à payer un certain prix.

Nous sommes de vieux amis, en un sens, et avec vous, je suis en sécurité.

— Si vous êtes terrifié à ce point, je vous conseille d'embaucher un secrétaire.

— L'idée n'est pas mauvaise, feignit-il d'admettre, toutefois un homme est rarement un bon cuisinier. Mon but est de passer aussi inaperçu que possible et nous serons tous deux seuls à bord du bateau. Rendez-vous à l'évidence, Christy, vous êtes l'équipière idéale pour cette sorte de croisière.

Sans argumenter davantage, elle finit de disposer les objets nécessaires au petit déjeuner de Georgina. Extérieurement, rien ne filtrait des émotions qui l'agitaient.

— Alors, c'est oui ou c'est non ? insista-t-il.

Il était devant elle, la dominant de sa haute stature, si proche qu'elle respirait les effluves de son eau de toilette. Il n'en avait pas changé, songea-t-elle machinalement. Il était resté fidèle à ce même parfum musqué qui était le sien six ans auparavant.

— Et si je dis non ? reprit-elle dans un soupir mi-figue mi-raisin.

— En ce cas, je rôderai nuit et jour autour de ce cottage. A force, je réussirai probablement à briser les barrières de votre indifférence, ma petite sauvageonne.

Devant cette boutade pour le moins inattendue, elle esquissa une grimace déconcertée. Amusé par son expression comique, Simon éclata d'un rire gai qui la désarma.

— Accompagnez-moi, s'il vous plaît. En été, les Caraïbes sont un spectacle inoubliable. Le ciel et la mer y sont d'un bleu que nous ne connaissons pas en Angleterre. Venez, je vous assure que vous ne le regretterez pas.

Il y avait dans sa voix quelque chose de sincère, à la fois

grave et bienveillant. Elle haussa les épaules, consciente qu'elle avait d'ores et déjà perdu la partie.

— Pourquoi pas… ? réfléchit-elle tout haut, sans même s'en apercevoir. A condition, naturellement, que mon rôle se limite à celui d'assistante.

A son tour, il eut un geste vague de la main, comme s'il capitulait lui aussi.

— A votre guise, indiqua-t-il, d'ailleurs il n'est pas dans mes habitudes d'asseoir mes secrétaires sur mes genoux. Je serai un employeur aussi respectueux que l'était Miles Trent à votre égard. Il ne vous obligeait pas à partager sa chambre d'hôtel, je suppose ?

Elle s'apprêtait à répliquer vertement à cet interrogatoire sournois, quand elle se ravisa.

— Je ne pense pas que mes rapports avec M. Trent vous regardent en quoi que ce soit, l'informa-t-elle très calme.

— Si, indirectement, précisa-t-il imperturbable. A cette époque il est aux Bahamas et nous risquons de croiser son chemin. Ne soyez pas surprise s'il est au bras d'une autre ravissante créature qui s'appelle…

— Petra Finnegan, termina Christy à sa place. Je vous remercie, mais je lis les journaux, Simon.

— Hum, manifestement vous n'êtes pas d'un tempérament jaloux, hasarda-t-il, la fixant avec intensité. J'en conclus qu'il n'a pas été votre premier amant, sinon votre réaction aurait été plus violente.

Il la scrutait avec un tel air suspicieux qu'elle sentit la colère la submerger.

— Que se passe-t-il, Simon, auriez-vous des regrets ? jeta-t-elle acerbe.

— Seigneur non, s'esclaffa-t-il immédiatement. Les jeunes filles inexpérimentées n'étaient pas et ne sont toujours pas de mon goût. Vous devriez le savoir mieux que personne, Christy.

La cruauté de cette phrase la fit se raidir, mais aussitôt son sens de l'humour l'aida à se donner une contenance.

— Oh, je le sais, acquiesça-t-elle sur un ton sucré. Heureusement pour moi, tous les hommes n'éprouvent pas votre répulsion, au contraire.

Un nouveau silence tendu suivit ces paroles et finalement Simon lui décocha un sourire crispé.

— D'accord, Christy, concéda-t-il, considérons cet entretien comme un match nul et revenons à notre projet. J'ai réservé deux places dans un avion qui part à la fin de la semaine. Emportez dans vos valises des vêtements légers car il fait chaud là-bas à cette époque de l'année.

— Simon Jardin obtient toujours ce qu'il désire, n'est-ce pas ? persifla-t-elle.

— J'essaye tout du moins, renchérit-il sur le même ton suave. A présent, montez ce plateau à votre mère sinon je crois que nous allons encore échanger des flatteries inutiles, plaisanta-t-il avec cynisme.

Georgina était réveillée et relisait les notes qu'elle avait inscrites la veille au soir sur un morceau de papier. Lorsque sa fille pénétra dans la chambre, elle la scruta attentivement.

— Quelque chose ne va pas, ma chérie ? Tu plisses les lèvres et généralement cela signifie que tu es contrariée.

— Simon est en bas, expliqua Christy sans ambages. Au fait, tu m'avais bien rapporté que c'était Jeremy qui souhaitait me voir collaborer avec Simon Jardin ? Je ne comprends pas car celui-ci semble affirmer qu'il est à l'origine de cette idée.

— Ils ont dû certainement en débattre ensemble. En ce qui me concerne, j'avais confié à Jeremy que tu ne serais pas enthousiaste. Rassure-toi, je n'étais pas entrée dans les détails. En l'occurrence, je me suis même débrouillée pour me montrer d'une discrétion absolue.

— Merci maman, tu es adorable.

En effet, il était de notoriété publique que l'éditeur de sa mère était incapable de tenir sa langue. Dès qu'il avait vent d'un ragot, il s'empressait de le divulguer à l'ensemble de son entourage. Et Dieu sait si Jeremy fréquentait énormément de monde à Londres, songea la jeune fille avec anxiété. En se taisant, Georgina avait évité que sa fille ne devienne un sujet de moquerie.

« Comment, vous n'êtes pas au courant ?... Christy Lawrence est toujours amoureuse de l'auteur de best-sellers, Simon Jardin »« La pauvre petite, elle a même refusé d'être sa secrétaire, vous vous rendez compte... »

Comme dans un mauvais rêve, elle imaginait les commentaires que les bavardages de Jeremy ne manqueraient pas de susciter.

— Qu'as-tu décidé ? intervint Georgina, la ramenant à la réalité présente.

— Ma réponse te surprendra probablement mais j'ai dit oui à l'offre de Simon Jardin. Il a insisté et je n'ai pas pu refuser de lui rendre ce service. Car il est si habile, que c'est ainsi qu'il me l'a présenté.

— Tu es sûre de ne pas commettre une erreur ? s'inquiéta sa mère.

— Ne t'inquiète pas, l'adolescente que j'étais a parcouru du chemin depuis cette triste expérience. Simon a beau être un homme extrêmement séduisant, je suis immunisée. Dieu soit loué, il n'a plus aucun pouvoir sur moi, ni celui de me fasciner ni celui de me faire du mal.

Christy était debout face à sa mère et une lueur déterminée brillait au fond de ses yeux gris.

— J'espère que tu ne te leurres pas sur toi-même, murmura Georgina avec une expression soucieuse.

Sa fille lui dédia un sourire radieux destiné à la tranquiliser. Ensuite, elle s'éclipsa hors de la pièce et descendit lentement les escaliers. Simon attendait dans le salon et elle lui demanda s'il déjeunerait au cottage. Poliment, il déclina son invitation car il avait de nombreux détails à régler avant de s'envoler pour les Caraïbes.

Au moment de prendre congé de la jeune fille, il se pencha vers elle mais Christy lui serra la main avec une fermeté volontaire.

— Au revoir, monsieur Jardin ou plutôt à très bientôt, corrigea-t-elle sur un ton professionnel.

Car désormais, Simon était son employeur, un écrivain pareil à Miles Trent ou à sa mère. Grâce à lui, elle découvrirait une partie de la planète qu'elle ne connaissait pas. Le marché qu'elle avait conclu n'était pas si déplaisant après tout et ses traits se détendirent. De surcroît, elle pensait sincèrement les paroles prononcées devant Georgina. Le tendre penchant qu'elle avait éprouvé pour Simon appartenait au passé et cette certitude la remplissait d'une joie indicible.

## 3

Trois jours plus tard, Simon et Christy s'envolèrent à bord d'un Boeing 747 pour l'archipel des Antilles. Assise près d'un hublot, la jeune fille contemplait les nuages qui s'étendaient, tel un tapis moelleux, sous le ventre de l'appareil. Les rayons du soleil les éclairaient, si bien que ce spectacle était d'une grande beauté.

— Dans quelques heures nous atterrirons sur l'île de Ste Lucie, l'informa son compagnon, penché vers elle.

Sur ce, il s'adossa contre son fauteuil et alluma une cigarette d'un air distrait. A ses côtés, Christy s'en étonna, sans toutefois manifester sa surprise.

Comme s'il avait lu dans ses pensées, Simon lui jeta un regard en biais avant de commenter sur un ton badin :

— Eh oui, je fume à présent. Ce n'est pas excellent pour la santé, je le sais, mais j'ai pris cette habitude aux Etats-Unis. Rassurez-vous cependant car je ne consomme pas plus de deux paquets par jour.

A l'annonce de ce chiffre astronomique, elle agrandit démesurément ses jolis yeux gris.

— Je plaisantais, s'esclaffa Simon. Je vous sentais un

peu contractée et j'ai pensé qu'une boutade détendrait l'atmosphère.

— Ce n'était pas très drôle, le tança-t-elle, sourcils froncés. J'ai vraiment eu peur que vous ne soyez devenu un de ces fumeurs invétérés. Personnellement, je suis incapable de travailler dans une pièce où les cendriers sont remplis de mégots.

— Comme je vous comprends, renchérit-il. D'ailleurs je vous autorise à me réprimander si je dépasse le seuil critique de quatre cigarettes en une semaine.

Il éclatèrent d'un rire simultané et le restant de la conversation se déroula sur un mode détendu. Simon la questionna sur son séjour en Inde et ses impressions sur cette lointaine contrée. Christy lui répondait avec plaisir, parlant avec enthousiasme de ce pays qu'elle avait adoré.

Il l'écoutait en silence, se contentant de hocher la tête à certains passages de son discours. Sans s'interrompre, elle le détaillait à la dérobée et notait des détails qui lui avaient échappé au premier abord. Certes, la physionomie de Simon n'avait pas beaucoup changé. Toutefois, elle remarqua que ses traits s'étaient légèrement durcis. Quant à son regard, on y percevait une ombre de cynisme qui était plus accentuée qu'il y a six ans.

Sinon, il dégageait toujours ce puissant magnétisme inexplicable qui l'avait attirée à l'époque. L'élégant costume beige et la chemise assortie qu'il portait accentuaient son élégance naturelle. Aucun doute, cet homme possédait un charme auquel la gent féminine dans son ensemble ne devait pas être indifférente. D'ailleurs l'hôtesse qui leur avait tout à l'heure servi un jus d'orange n'avait pas fait exception à la règle. Ce n'était certainement pas un pur hasard si elle avait gratifié Simon d'un sourire enjôleur.

— A quoi songez-vous ? intervint celui-ci, curieux.

Nous sommes en train de bavarder mais vous semblez ailleurs.

— C'est vrai, en réalité, je réfléchissais à votre prochain livre, mentit-elle en rosissant. J'aurais aimé en savoir davantage avant que nous ne commencions nos recherches.

Le visage de son compagnon s'anima aussitôt et elle se félicita de son subterfuge. En effet, elle tenait absolument à éviter que leurs entretiens soient d'un ordre intime. Mieux valait se limiter à des discussions professionnelles, jugea-t-elle avec soulagement.

— Voici la légende qui circule parmi les habitants de l'île, fit Simon. Kit Masterson aurait été mousse sur le navire de Sir Francis Drake puis aurait bientôt armé son propre bateau. Des rumeurs prétendent que la reine Elisabeth I<sup>re</sup> l'aida à concrétiser cette entreprise. C'est possible car la *Toison d'Or* était un vaisseau splendide, pourvu d'un des meilleurs équipages. Grâce à lui, Kit Masterson devint un pirate qui attaquait sans relâche l'ennemi espagnol. Il coula de nombreux galions, s'emparant de leurs cargaisons d'or et de denrées précieuses. Jusqu'au jour où lors d'un abordage, il rencontra celle qu'il allait épouser quelque temps plus tard.

Absorbé par son récit, Simon sortit machinalement une cigarette de son étui mais il arrêta net son geste. La jeune fille le fixait avec une réprobation muette mais néanmoins évidente. Il eut une grimace à la fois déconfite et amusée, après quoi, il poursuivit sa narration.

— Serena Gonzalès de Montana, tel était le nom de la belle Espagnole que notre héros avait capturée. C'était un butin inhabituel et il s'efforça tout d'abord d'en obtenir une rançon. Hélas, sa famille qui la destinait en mariage à un gouverneur des Antilles refusa de payer. Quant au futur mari, il préféra choisir une autre femme plutôt que de verser la somme demandée. Kit Masterson

43

fut obligé de conserver la malheureuse prisonnière dont il tomba amoureux. Il chercha un endroit où elle serait en sécurité et choisit l'île de St Paul. Là, il fit construire une vaste résidence face à la mer où Serena mit au monde un fils.

Passionnée par cette histoire romantique, Christy buvait les paroles de son compagnon. Les ouvrages pleins d'aventures lus dans son adolescence lui revenaient en mémoire. Des images traversaient son esprit, que ses doigts n'auraient aucune difficulté à reproduire en dessin.

— ... A la mort de la reine Elisabeth, Jacques I$^{er}$ monta sur le trône. Le roi souhaitait la paix avec l'Espagne, si bien que les « capitaines-pirates » furent proclamés hors-la-loi. Kit Masterson avait amassé une fortune considérable et était prêt à en céder une partie afin d'obtenir son pardon. Sa femme attendait un second enfant quand il embarqua pour Londres, déterminé à plaider sa cause auprès du monarque. Ce dernier ne fut pas insensible aux montagnes d'or et de bijoux que son sujet déposa à ses pieds. Il accorda sa grâce et Kit regagna son île, impatient d'annoncer la bonne nouvelle. Saint Paul était entouré de récifs et de courants dangereux, mais le capitaine empruntait un chenal connu de lui seul. A marée haute, un système de lampes allumées sur le toit de sa demeure le guidait parmi les roches déchiquetées. Mais la nuit de son arrivée, il constata avec angoisse que la côte était invisible dans la nuit. Comble de malchance, des nuages voilaient le ciel, masquant la clarté de la lune.

— Il... il a péri noyé, intervint Christy non sans émotion.

— Vous êtes un excellent public, se moqua Simon, bienveillant. Laissez-moi finir, si vous désirez connaître la suite. En effet, la *Toison d'Or* sombra mais Kit Masterson parvint à nager jusqu'au rivage. Il manqua perdre la

raison en apercevant sa maison dévastée et sa femme et
son fils lardés de coups de poignard. L'un de ses servi-
teurs avait échappé par miracle à cet assassinat et rap-
porta à son maître ce qui était advenu. Des pirates
étaient venus de la mer, persuadés de trouver le trésor
que Kit avait caché quelque part entre ces murs. Furieux
d'être bredouilles, ils avaient décimé sa famille en guise
de vengeance. Après ce drame, la légende raconte que
Kit déterra son or et le jeta à l'eau, là où son navire avait
fait naufrage. Peut-être la douleur l'avait-elle égaré, en
tout cas on n'entendit plus jamais parler de Kit Masterson.

— Vous croyez que l'or est toujours à la même place ?
l'interrogea-t-elle, abasourdie.

— Probablement pas… En vérité, je crains que ce
trésor ne soit surtout dû à l'imagination fertile des habitants. Kit Masterson était un homme au caractère
endurci, et il n'aurait pas gaspillé une fortune si difficile-
ment gagnée. Cette version selon laquelle il aurait
accompli cet acte de désespoir par amour ne correspond
pas à son tempérament froid. En revanche, je pense que
l'épave n'est pas loin de la côte. Si nous réussissons à la
situer, nous prouverons qu'il existe une part de réel dans
cette légende. C'est très important pour mon livre qui
retracerait une intrigue véridique et non une légende. Le
problème est que peu de gens acceptent de me livrer ce
qu'ils savent de cet épisode tragique. La superstition est
répandue dans cette région du monde et ils affirment que
les esprits malins punissent ceux qui ont la langue trop
longue.

— C'est ridicule, trancha Christy, consternée. Dans
ces conditions, comment allons-nous faire pour rassembler des informations ?

— Nous nous débrouillerons, rétorqua-t-il avec un
haussement d'épaules fataliste. Les démarches que j'ai

accomplies à la Bibliothèque nationale nous seront utiles. J'y ai consulté un rouleau marqué à la cire, signé par le capitaine Kit Masterson en personne. Le document spécifiait qu'il faisait don aux finances du royaume d'un collier en perles fines. Les initiales d'Elisabeth I$^{re}$ ou de son successeur ne figuraient pas sur le parchemin... dommage, n'est-ce pas ?

Christy opina du chef et poussa un soupir, comme si elle partageait le désappointement de son voisin. Elle se redressa soudain sur son siège, les yeux brillants d'excitation. Elle avait une idée qui pouvait mener jusqu'à une piste intéressante, se félicita-t-elle en son for intérieur.

— A qui appartient maintenant la maison ? lâcha-t-elle presque sur un ton de conspiratrice.

Ce travail la passionnait de plus en plus et elle en avait oublié ses réticences préliminaires. Il lui semblait que ses peines de cœur s'étaient envolées comme par magie. De fait elle n'y songeait pas, entièrement accaparée qu'elle était par le récit de Simon.

Ce fut justement ce dernier qui la ramena brusquement à la réalité. Il s'éclaircit la voix avant de préciser avec une fausse assurance.

— Je suis le nouveau propriétaire de cette demeure. Je l'ai rachetée pour une poignée de pain il y a deux ans. Sa restauration m'a coûté les yeux de la tête mais maintenant elle est parfaitement habitable.

Christy se taisait, n'en croyant pas ses oreilles. Quand elle l'avait connu, quelques années plus tôt, il répétait sans cesse qu'il ne s'installerait jamais nulle part. Son but était de vivre en bohème, louant des appartements à droite, à gauche. Il ne « voulait pas de port d'attache », Christy se rappelait nettement cette expression qui l'avait jadis peinée.

Elle observa Simon à la dérobée et se rendit compte qu'il espérait un commentaire de sa part. Non seulement son visage était tendu mais il la scrutait avec une sorte d'agacement. Ce comportement la désorienta et elle s'agita nerveusement au creux de son fauteuil. Pourquoi la fixait-il ainsi... Attendait-il qu'elle le condamne ou le félicite pour son initiative ?

Elle avait gommé le passé de sa mémoire et n'avait pas envie de le voir ressurgir au détour de la conversation, estima-t-elle en se raidissant. Volontairement, elle lui décocha un sourire aussi naturel que possible.

— Dans cette maison ayant appartenu à Kit Masterson, vous n'avez retrouvé aucun papier qui pourrait nous aider ? s'enquit-elle, soucieuse de continuer une discussion professionnelle.

Etait-elle victime d'une illusion d'optique ou bien Simon avait-il réellement manifesté sa contrariété ? Les muscles de sa mâchoire s'étaient durcis, l'espace d'une seconde. Elle n'en était pas vraiment sûre car à présent ses traits étaient figés et impassibles.

— Non, l'informa-t-il avec une pointe de sarcasme. Il aurait été étonnant que je découvre quoi que ce soit dans cette résidence puisqu'elle a été presque complètement détruite lors de cette fameuse nuit. La maison actuelle a été rebâtie au cours du dix-huitième siècle par un architecte anglais.

— Comment l'aurais-je deviné ? répliqua-t-elle. piquée au vif.

Et elle pinça les lèvres tandis que ses joues se coloraient d'un rose plus soutenu.


La nuit était tombée quand l'avion se posa sur l'aéroport de Ste Lucie. Christy se sentait épuisée, irritée également, car elle s'était réveillée sa tête sur l'épaule de Simon.

— Vous vous êtes assoupie durant la deuxième moitié

du film, lui avait-il signalé. Je n'ai pas bougé d'un centimètre de peur de troubler votre sommeil. Votre rêve devait être agréable car vous souriiez aux anges. C'était un spectacle charmant, vraiment...

Elle avait gardé le silence, furieuse contre elle-même de ce mouvement d'abandon qui lui avait échappé. La fatigue du voyage en était la cause, néanmoins, il en avait profité pour l'observer tout à loisir. Cette idée lui déplaisait profondément et elle décida d'afficher une moue boudeuse.

— Maintenant je sais de quelle humeur vous êtes quand vous ouvrez les yeux le matin, railla-t-il alors qu'ils dépassaient le bureau des douanes.

— Si vous désapprouvez mon caractère, le mieux est encore de cesser immédiatement notre collaboration, souligna-t-elle, acerbe.

— Juste ciel, je ne vous savais pas si susceptible. Toutefois, je suis heureux de constater que vous êtes un être humain en proie à des émotions incontrôlables.

En vain, elle chercha une répartie mordante mais ses paupières se baissaient malgré elle tandis qu'un début de migraine lui vrillait les tempes.

C'était ridicule, pourtant elle refoula des larmes quand il lui annonça que leur hôtel était situé à l'autre extrémité de l'île. Les routes étaient, paraît-il, en mauvais état et le trajet risquait d'être éprouvant. Le taxi dans lequel ils montèrent était une vieille Chevrolet aux suspensions cassées. A l'arrière du véhicule, chaque cahot envoyait ses passagers toucher le plafond.

Curieusement, au bout d'une demi-heure de ce traitement de choc, la jeune fille avait repris des forces et son sens de l'humour. A la grande surprise de son compagnon, elle sortit de l'automobile sans émettre une protestation. Elle se contenta de défroisser les plis de sa jupe avant de se tourner vers lui.

— Quelle est la suite du programme ? se renseigna-t-elle sur un ton mutin.

A ces mots, Simon la scruta avec un mélange de stupeur et d'admiration qu'elle ignora délibérément.

— J'avais raison de penser que vous étiez l'assistante idéale pour cette sorte d'expédition, la complimenta-t-il. A présent, nous allons nous reposer car nous en avons tous deux besoin. J'ai réservé nos chambres ici, au *Maracaibo Palace*.

Il désignait une façade blanche, bordée de palmiers, tandis qu'un portier en uniforme attendait les clients devant l'entrée principale. Quelques mètres les en séparait et elle poussa un soupir de soulagement. A cet instant, une voix aux accents suraigus la fit pivoter sur ses talons. Un groupe de personnes se tenait un peu plus loin et au milieu une créature blonde monopolisait la parole. Même si elle n'avait pas parlé aussi fort, il aurait été impossible de ne pas la remarquer.

En effet, sa silhouette élancée, drapée dans un élégant fourreau bleu nuit, attirait l'œil. La coupe en était si parfaite qu'il provenait certainement d'une boutique luxueuse. Le visage de l'inconnue possédait des traits juvéniles, pourtant elle portait des bijoux d'un prix inestimable, songea Christy à première vue. Une seconde encore, elle admira les longues boucles dorées qui cascadaient sur une peau laiteuse. Après quoi, elle détourna son regard, consciente qu'une pointe d'envie la gagnait.

Avec sa chevelure brune, son teint mat, Christy se rendait compte qu'elle n'avait pas usurpé son surnom de « sauvageonne ». Comparée à la poupée de porcelaine qui conversait tout près d'elle, sa toilette paraissait négligée et sa coiffure en désordre. Elle aurait tant voulu ressembler à cette jeune fille à la silhouette fragile, au teint diaphane ! Hélas, son physique était à l'opposé de celui-là et il lui fallait bien s'en accommoder. Certes, elle n'était plus si complexée qu'à l'époque de son adolescence. Cependant devant la ravissante inconnue, elle n'avait pu réprimer un léger mouvement de jalousie.

— Je ne m'étonne pas que vos dessins soient débordants d'imagination car vous êtes perpétuellement dans les nuages, la réprimanda gentiment Simon. Pouvons-nous y aller maintenant ?

Confuse, elle acquiesça d'un signe de tête et souleva sa valise en cuir.

— Laissez-moi faire, la tança-t-il aussitôt. Vous êtes dotée d'une énergie inépuisable mais j'ai une réputation à soutenir. Les gens jaseraient si je ne me chargeais pas de vos bagages alors que vous avez une petite mine.

D'ordinaire, elle aurait argumenté mais effectivement une vague de lassitude la submergeait. Elle esquissa une grimace qui se voulait un sourire et commenta, laconique :

— J'avoue que je suis éreintée.

A peine avait-elle achevé sa phrase qu'un cri strident retentit dans son dos.

— Simon !

Christy n'eut pas le temps de réagir ni d'opposer un refus verbal à son compagnon qui lui intima brièvement :

— S'il vous plaît, jouez le jeu.

Sur cet ordre sibyllin, il l'enlaça par la taille et l'attira violemment contre sa poitrine. Le moment suivant, ses lèvres se posaient sur les siennes, l'empêchant de toute façon de protester.

Six années s'étaient écoulées depuis la dernière fois où il l'avait tenue entre ses bras. Naturellement, d'autres hommes l'avaient embrassée depuis mais elle eut un choc à cette minute précise. Au contact de Simon, elle avait frémi, parcourue par un courant électrique. Heureusement, elle avait dissimulé son trouble en raidissant ses membres et en conservant les yeux grands ouverts.

C'est ainsi qu'elle nota la lueur de colère qui brillait dans ceux de Simon. Etait-il rendu furieux par sa réticence ou par le fait qu'il ait été contraint de lui donner ce baiser ?

Elle n'eut pas le loisir de s'interroger davantage car il avait resserré son étreinte, promenant ses doigts le long de ses reins. Par un effort de volonté presque surhumain, elle résista à l'onde de chaleur qui l'envahissait lentement. Entre eux se livrait une lutte invisible mais pour n'importe quel observateur, ils devaient former un couple d'amoureux.

Elle avait peut-être tort de se défendre, se dit-elle soudain. Il allait sûrement en conclure qu'elle était encore sensible à son charme et redoutait jusqu'à une simple mascarade.

— Pour l'amour du ciel, essayez de vous décontracter un peu, chuchota-t-il à son oreille. On doit croire que vous m'embrassez par plaisir et non que c'est une corvée.

Elle hésita puis se décida à se laisser aller contre le torse puissant de son prétendu « fiancé ». Le corps de Simon se colla au sien et elle frissonna, emportée par un désir qu'elle ne parvenait pas à endiguer. Il reprit possession de sa bouche, doucement d'abord puis avec une passion dévorante. Un petit cri plaintif monta dans sa gorge, quelle étouffa aussitôt. « Prudence », se conseilla-t-elle, affolée par les sensations vertigineuses qu'il suscitait en elle.

— Simon...

Une voix féminine, comportant une nuance d'exaspération évidente mit un terme à leur étreinte. Mais avant qu'il ne se redresse, Christy murmura à l'adresse de son compagnon :

— J'espère vous avoir satisfait, cette fois-ci.

A peine avait-elle prononcé cette réflexion pour le moins acide qu'elle le regretta. Simon lui avait simplement demandé de remplir un rôle et ce n'était pas sa faute si elle l'avait trop bien joué.

Quoi qu'il en soit, il avait entendu sa remarque ironique et un éclair hostile traversa ses yeux couleur d'ambre. Il se ressaisit sur-le-champ et c'est un visage serein qu'il offrit à la nouvelle venue.

Christy la considéra à son tour et reconnut la blonde créature qu'elle admirait quelques instants auparavant.

— Simon, mon chéri, où aviez-vous disparu ? minauda-t-elle sur un ton enjôleur.

Avec un sans-gêne qui stupéfia Christy, elle s'accrocha familièrement au bras du jeune homme.

— Je reviens de Londres, renchérit Simon avec flegme. Mary-Lou, permettez que je vous présente une amie de longue date, Christy.

— Vraiment ?... Eh bien dans ce cas, Bienvenue à Ste Lucie, Miss...

— Lawrence, termina Christy sans montrer l'agacement qui la gagnait.

— À votre accent, je devine que vous êtes anglaise. Je suis de nationalité américaine mais j'ai souvent séjourné dans votre pays. En fait, à force de voyager, j'ai l'impression d'être partout chez moi.

« Je n'en doute pas un seul instant », telle fut la pensée sarcastique qui arracha un sourire à Christy. Celle qui lui faisait face le lui rendit tandis que son regard démentait son apparente amabilité. En effet, si ses yeux avaient été des revolvers, Christy aurait probablement été réduite à l'état de cendres.

Passant du coq à l'âne, Mary-Lou reporta son attention sur Simon et susurra, plissant les lèvres dans une moue réprobatrice :

— Ce n'est pas très gentil de ne pas être venu à mon anniversaire. Je vous avais pourtant envoyé un carton d'invitation, non ?

— C'est exact, mais je n'ai pu me libérer de mes obligations professionnelles. J'en suis désolé, conclut-il, affable.

Il y eut un silence durant lequel Mary-Lou paraissait réfléchir, enroulant coquettement l'une de ses boucles autour de son index.

— Dommage, décréta-t-elle enfin dans un soupir. Je vous pardonnerai totalement si vous m'invitez à dîner demain soir.

— Cela aurait été avec plaisir mais Christy et moi partons à l'aube pour St Paul, s'excusa-t-il, imperturbable.

— Ah... je vois.

Elle émit un rire grinçant et toisa sa rivale avec une expression ouvertement rageuse. Le groupe au milieu duquel elle paradait tout à l'heure s'était insensiblement rapproché, avide de scandale. Brusquement, Christy éprouva un élan de sympathie pour celle qui était congédiée d'une façon aussi sèche, en public de surcroît.

— Comme c'est romantique, enchaîna la blonde jeune fille avec fiel. Simon Jardin et sa nouvelle conquête passeront leurs vacances sur la mer des Caraïbes. Je vous souhaite une excellente croisière !

Elle jeta cette dernière phrase par-dessus son épaule et s'éloigna sur ses hauts talons dans un bruissement d'étoffe. Après son départ, Christy demeura un court instant immobile, partagée entre un sentiment de lassitude et de rancune.

Simon s'approcha mais elle s'écarta vivement et l'informa entre ses dents serrées :

— La prochaine fois que vous souhaiterez vous débarrasser d'une de vos admiratrices, arrangez-vous pour que je n'y participe pas. Naguère, si mes souvenirs sont bons, vous n'aviez besoin de personne pour vous acquitter de cette tâche.

4

Le lendemain matin, Christy ouvrit les yeux, en proie à un malaise persistant. Elle avait dormi d'un sommeil de plomb jusqu'à ce que le serveur de l'hôtel la réveille en lui apportant le plateau du petit déjeuner. C'est alors qu'elle s'était remémorée la soirée de la veille et que le rouge était monté à ses joues.

Sous l'effet d'un épuisement physique et nerveux, elle s'était montrée exagérément agressive vis-à-vis de Simon. Sur le moment, il n'avait pas bronché, mais quelle serait sa réaction aujourd'hui ? Pourvu qu'il ne la gratifie pas de cette expression figée, impersonnelle, dont il avait le secret. Car elle préférait encore son emportement au masque dur qu'il plaquait à l'occasion sur son visage.

Refoulant ses appréhensions dans un coin de son esprit, elle rejeta ses draps et se mit debout. Le paysage qu'elle découvrit depuis son balcon contribua à la dérider. Comment se morfondre devant un pareil décor : un ciel immense bleu turquoise, une mer aux teintes mauves bordée de palmiers se balançant gracieusement dans la brise tiède...

Des arbustes aux fleurs épanouies agrémentaient un jardin en contrebas. Grisée, elle respira profondément l'air parfumé par leurs effluves. Un peu plus loin sur la gauche, elle avisa le port de plaisance de Ste Lucie. Un grand nombre de yachts, battant pavillon des pays les plus divers, étaient amarrés dans ses eaux tranquilles.

Elle laissa la fenêtre entrouverte et entreprit de se préparer. Après une douche revigorante, elle sélectionna dans sa garde-robe un ensemble de toile bouton d'or qui mettait en valeur son teint hâlé. Un ruban de couleur jaune égayait ses boucles brunes caressées par les rayons du soleil filtrant à travers les rideaux. Au fond, elle n'était pas aussi laide qu'elle se l'imaginait, jugea-t-elle, lançant un ultime coup d'œil à son miroir.

Elle ferma ensuite la porte de sa chambre et descendit dans le vestibule où Simon l'attendait depuis déjà quelques minutes. Il était de profil, debout près de la large baie vitrée, et Christy l'examina à son insu. Elle nota qu'il était selon son habitude vêtu avec élégance. Il portait un pantalon et une chemisette de tissu fin, qui lui conféraient une allure sportive mais distinguée.

Se demandant quel accueil il allait lui réserver, elle s'avança à sa rencontre d'une démarche aussi décontractée que possible.

Au bruit qu'elle fit, il se retourna et la considéra de la tête aux pieds avec une insistance gênante.

— Vous êtes en retard, indiqua-t-il enfin, pourtant j'aurais tort de m'en plaindre. On dirait que vous avez particulièrement soigné votre toilette...

— Comment dois-je prendre cette réflexion ? s'enquit-elle sur la défensive.

— Comme un compliment, la rassura-t-il sans hésiter. Je ne sais si le climat des Antilles y est pour quelque chose. Néanmoins, je vous trouve jolie comme un cœur, précisa-t-il en toute sincérité.

— Merci, répliqua-t-elle dans un sourire.

Leur différend de la veille était oublié et son inquiétude se dissipa complètement quand il l'entraîna familièrement par le bras.

— Venez, annonça-t-il, bienveillant, dépêchons-nous car notre matinée est chargée. D'abord nous allons vérifier si mon bateau est toujours dans la marina. Ensuite nous irons acheter votre équipement de plongée sousmarine.

— A vos ordres, capitaine ! répliqua-t-elle, emportée par un élan de gaieté qui la surprit.

Curieusement, elle était à présent détendue et abordait cette nouvelle journée avec un entrain qu'elle ne connaissait plus depuis longtemps. Peut-être Simon avait-il raison ? Peut-être le doux climat de l'île n'y était-il pas totalement étranger ?

Dehors, ils longèrent le quai jusqu'à ce qu'ils atteignent l'endroit où était ancré le *Christina*. Lorsqu'elle aperçut le nom inscrit sur la coque, la jeune fille écarquilla les yeux de stupéfaction.

— Mais... mais c'est mon prénom, ne put-elle s'empêcher de balbutier.

— Presque, commenta-t-il d'une voix posée. Je l'ai baptisé ainsi peu de temps après vous avoir vue. C'est drôle, j'étais persuadé que vous le saviez.

— Non, lui confia-t-elle, troublée.

— Naturellement, depuis six ans, j'aurais pu effacer ces lettres, c'est vrai, concéda-t-il comme s'il songeait tout haut à ce problème. Ne comptez pas sur moi pour vous confier pourquoi elles sont toujours là. J'ai dû être trop affairé pour m'en préoccuper ou d'autres raisons sont intervenues... Toutes les interprétations sont possibles, conclut-il.

Il esquissa un geste vague et resta à contempler les lignes sveltes de l'embarcation. A ses côtés, Christy s'efforçait de remettre de l'ordre dans ses idées. En vain, car son tumulte intérieur l'empêchait de prendre du recul. En désespoir de cause, elle s'absorba à son tour dans l'examen du yacht.

Elle n'était pas experte en matière de navigation, néanmoins il était visible que celui-ci était construit pour la haute mer. Solide, racé, il possédait deux mâts et tout l'équipement moderne nécessaire à une croisière même périlleuse.

Comme si de rien n'était, Simon sortit de son mutisme et lui expliqua qu'il était doté en outre d'un puissant moteur.

— La cuisine a une installation rationnelle, quant aux cabines, elles sont extrêmement confortables, ajouta-t-il. Vous n'êtes pas habillée en conséquence, aussi visiterons-nous tout cela ultérieurement, d'accord.

— D'accord, répéta-t-elle.

Et tel un automate, elle emboîta le pas à son compagnon. Mon Dieu, elle ne serait donc jamais guérie de sa naïveté, se tançait-elle mentalement tandis qu'elle le suivait. Tout à l'heure, en découvrant son prénom peint sur la coque, elle avait eu un espoir fou. Hélas, Simon l'avait vite anéanti avec une cruelle inconscience.

Il était clair qu'elle n'avait été pour lui qu'un bel objet dont il appréciait la silhouette, comme il appréciait celle de son bateau. Hormis ces critères esthétiques, il n'avait éprouvé aucun sentiment tendre à son égard. Certes, le mot « Christina » figurait encore sur les flancs de son yacht. Mais cette inscription était due à sa négligence et non au souvenir impérissable qu'il avait conservé d'une adolescente amoureuse.

Une boule lui nouait la gorge et elle avala péniblement sa salive. A quoi bon se lamenter sur son sort, mieux valait barrer le passé d'un trait définitif, se dit-elle, en redressant le menton. Apparemment, elle n'était pas si immunisée qu'elle le croyait contre Simon Jardin. Cependant à force de volonté, elle parviendrait à le chasser de sa mémoire. Il était inutile de fuir cet homme, au contraire. Car c'est ici, aux Caraïbes, en étant son assistante, qu'elle exorciserait le fantôme de son amour pour Simon.

Le marchand de la boutique de plongée nota sur son calepin la commande de ses clients. Ensuite, il leur confirma que l'ensemble du matériel acheté serait transporté immédiatement sur leur voilier.

Sortis du magasin, Simon et Christy regagnèrent l'hôtel afin de récupérer leurs bagages. Après un déjeuner sur le pouce, chacun vaqua aux besognes qu'ils s'étaient répartis. Elle irait sur le bateau vérifier que son équipement sous-marin avait été livré complet. Lui se chargeait des provisions manquantes à emporter.

Il revint au bout d'une demi-heure avec un énorme carton dans les bras. Christy se précipita afin de l'aider et le navire quitta bientôt les côtes de Ste Lucie. Le moteur ronronnait doucement et puisque le temps était au beau, Simon expliqua à son équipière comment se servir du gouvernail. C'était beaucoup plus facile qu'il n'y paraissait de prime abord et elle ne tarda pas à effectuer avec habileté tous les changements de direction.

Satisfait, son professeur enclencha alors le pilote automatique puis déploya une carte marine. Le rouleau de papier était zébré de lignes aux couleurs vives, représentant les courants.

— Voici la zone où nous nous rendons, signala-t-il d'un doigt. Vous constatez à quel point l'eau est profonde au large de St Paul. Mon hypothèse est que jadis, l'île était beaucoup plus grande qu'elle ne l'est actuellement. De nombreux volcans y sont encore en activité et au fil des siècles, leurs éruptions ont modifié le paysage. A l'époque de Kit Masterson, il existait un seul et unique passage sûr. Aujourd'hui, à cause des glissements de terrain successifs, nous aurons du mal à situer le chemin qu'il empruntait. Un élément nous complique la tâche, c'est que l'ancienne maison a été détruite, y compris ses fondations. On a utilisé les mêmes pierres pour bâtir la nouvelle, mais pas sur le même emplacement, hélas.

Simon poussa un soupir et se concentra sur l'examen du document.

— A mon avis — s'il a existé — le chenal de notre capitaine-pirate se trouvait quelque part par là.

Il s'empara d'un crayon et traça un large cercle sur la carte. Puis il le reposa et fronça les sourcils en signe d'inquiétude.

— Malheureusement, enchaîna-t-il, c'est également là que les courants sont les plus forts et les plus dangereux. C'est pourquoi nous plongerons avec un filin de rappel, pour une durée limitée à une heure maximum. Nos bouteilles contiennent plus de deux heures d'oxygène, mais je ne veux pas courir le risque d'un accident.

— Avez-vous pensé à la photographie aérienne ? suggéra Christy. Une certaine quantité d'épaves ont été localisées grâce à ce procédé.

— C'est une idée que j'ai eue à un moment, toutefois je ne crois pas qu'elle s'applique à notre problème. Si mes suppositions sont exactes, la *Toison d'Or* s'est brisée sur les rochers. Les morceaux qui en restent sont épars et recouverts d'une épaisse couche de corail.

Un vent léger soufflait, apportant avec lui un air iodé et revigorant. Christy gonfla ses poumons, savourant le plaisir d'être à nouveau en mer. En effet, elle avait presque fini par oublier sa dernière croisière qui remontait à des lustres. Alors qu'elle était enfant, ses parents l'avait emmenée avec eux sur un immense paquebot.

Cette image réveilla en elle des souvenirs nostalgiques qu'elle chassa en secouant ses boucles noires.

— Au fait, où avez-vous appris à naviguer ? demanda-t-elle de but en blanc à son compagnon.

Car aussi étrange que cela puisse paraître, elle ne connaissait pas grand-chose de lui, réfléchit-elle en un éclair. Simon était arrivé un jour dans son existence, et en était sorti avec la même soudaineté. Tout s'était déroulé à une telle vitesse qu'elle n'avait jamais eu le loisir de le questionner sur sa vie.

— Un Ecossais au caractère implacable m'a enseigné comment gouverner un bateau.

Tandis qu'il parlait, le visage de Simon s'était durci et elle attendit patiemment qu'il poursuive son récit.

— Mon enfance n'est pas mon sujet de conversation favori mais puisque vous y tenez, ne soyons pas avares de confidences, railla-t-il. Mon père ne m'ayant pas reconnu, ma mère m'a abandonné quand je suis né. J'ai été adopté par un couple qui avait déjà une petite fille et qui m'utilisait comme leur domestique. A l'âge de douze ans, j'ai fait une fugue qui m'a conduit devant le juge pour un vol de fruits à l'étalage. La Cour m'a envoyé dans un centre d'éducation pour jeunes délinquants. Le directeur était un ancien militaire écossais qui appliquait dans son établissement une discipline de fer. Mais au fond, sous ses dehors bourrus, il possédait un cœur généreux.

Les traits de Simon s'adoucirent tandis qu'il semblait se remémorer cet homme.

— Je me rappelle encore son nom... il s'appelait M. O'Malley. Non seulement il m'a enseigné la navigation, mais il m'a surtout appris à m'intégrer dans une société d'où je me sentais rejeté. Il nous répétait sans cesse que la culture était la clé de toutes les portes. C'est pourquoi il était extrêmement sévère envers tous ceux qui ne travaillaient pas en classe. J'étais doué pour les études et il m'a obtenu une bourse à l'université d'Oxford. Toute ma vie, je lui en serai reconnaissant, précisa Simon en proie à une émotion presque palpable.

Il devait avoir la gorge enrouée car il s'éclaircit la voix avant de continuer :

— Mon diplôme en poche, j'ai ensuite eu envie de voir les autres pays. J'ai voyagé en Afrique, en Australie, en Inde, pratiquant divers métiers sur place. Pourtant à mon retour, j'ignorais quelle voie choisir. Le hasard à voulu que je croise Jeremy dans un cocktail à Londres. Je ne me souviens plus comment le sujet est venu dans la conversation. Quoi qu'il en soit, il a été celui qui m'a suggéré d'écrire. Et voilà tout.

— Vous n'avez jamais cherché à retrouver vos parents ? glissa Christy avec gentillesse.

— Non. Au début, je pensais à eux, je les jugeais responsables des malheurs qui m'étaient arrivés. En premier, je condamnais ma mère qui m'avait déposé dans un orphelinat. Et puis, en grandissant, j'ai fini par considérer les choses sous un angle différent. Quand elle a accompli ce geste, j'ai su qu'elle était très jeune et en mauvaise santé. Il n'est pas difficile de deviner qu'elle était aussi démunie d'argent. Aujourd'hui, je souhaite sincèrement qu'elle ait pu se soigner, se construire une existence heureuse. En effet, si elle m'avait élevé, je ne suis pas certain que mon sort aurait été différent. Avec le recul, je me rends compte que j'ai toujours eu un caractère rebelle. Il fallait peut-être que je traverse ses épreuves afin de devenir adulte.

Cette conclusion fataliste lui arracha une vague grimace, destiné à se moquer de lui-même. Il s'était tu et Christy s'arrangea pour le dévisager à la dérobée. Simon demeurait impassible, alors que ses aveux l'avaient bouleversée. D'ailleurs il s'était confié à elle sur un ton impersonnel, comme si tous ces événements ne le concernaient que de loin.

Elle n'était pas une phsychologue avertie, mais son petit doigt lui disait que ce détachement apparent était une protection. Derrière l'écrivain célèbre, distant, se cachait un être qui avait souffert et avait besoin d'une sorte de bouclier. Brusquement, elle comprenait pourquoi Simon refusait de s'engager au niveau affectif. Sa fuite devant une relation sentimentale qui ne serait pas une aventure passagère provenait de son enfance instable.

— Regardez, intervint-il, la tirant de ses méditations. Nous approchons de St Paul et nous distinguerons bientôt un promontoire sur la gauche. La maison se trouve au sommet, conclut-il en plissant les yeux.

En proie à une excitation subite, elle l'imita et aperçut la ligne verdoyante de la côte. Des forêts de palmiers descendaient jusqu'aux rivages bordés par des plages de sable blanc. Sous les rayons du soleil, la mer était d'un bleu lumineux et l'île paraissait surgir de ses profondeurs transparentes, semblable à un mirage.

Ce paysage magnifique dégageait une paix qui lui alla droit au cœur. A cet instant, elle songea à Kit Masterson et à ses impressions quand il avait découvert pour la première fois ce coin de paradis. Une série d'images se bousculaient dans son esprit, qu'il lui fallait absolument mettre sur papier.

Précipitamment, elle prit congé de Simon et descendit dans sa cabine. Là, saisissant un crayon, son bloc-notes elle s'empressa de griffonner. Ses doigts fins et agiles traçaient les contours d'un vaisseau anglais à la proue effilée, bâtie pour la vitesse. Le capitaine était debout sur le pont, observant son équipage qui ramenait les voiles.

Christy le dessina tête nue, sa chemise entrouverte sur un torse puissant. Dans l'ensemble, sa silhouette ressemblait à celle des hommes de cette époque. Il était grand, mince, agréablement proportionné avec quelque chose d'aristocratique sur son visage. Sous le règne d'Elisabeth I$^{re}$, la gent masculine était particulièrement érudite et brillante.

La jeune fille s'en souvint au moment d'esquisser le regard clair et intelligent de Kit Masterson. A l'arrière-plan, sa prisonnière avait elle aussi les eux fixés sur cette île qui se profilait devant le navire. Sa chevelure d'un noir de jais était répandue sur ses épaules, et son buste raide témoignait de sa fierté. La belle Espagnole avait-elle été éprise de son geôlier ? se questionna rapidement Christy. Oui, décida-t-elle, donnant au personnage féminin un aspect à la fois rêveur et inquiet. Car Serena aurait un destin tragique puisqu'elle périrait sur ce morceau de terre entouré par les flots.

Mon Dieu, quelle fin horrible, conclut mentalement Christy en réprimant un frisson. Elle examina ses croquis d'un œil critique puis, satisfaite, referma le calepin. Dehors, Simon était affairé avec les manœuvres d'amarrage. Surprise d'être déjà parvenue à destination, sa compagne considéra les alentours. Le yacht était à l'abri dans un petit port naturel, pourvu d'une jetée en bois.

— On a dû nous apercevoir depuis la maison et quelqu'un va venir nous chercher, lui annonça-t-il. Le réseau routier de Ste Lucie est un modèle du genre comparé à celui de St Paul, ajouta-t-il goguenard. Mais rassurez-vous, c'est une Land-Rover et non un taxi sans suspension qui sera notre moyen de transport. En revanche, les plages sont superbes, vous verrez…

— L'un compense l'autre, plaisanta-t-elle, joyeuse.

Dans un endroit aussi enchanteur, il était impossible de ne pas être gai. Elle étira voluptueusement ses bras vers le ciel et questionna, curieuse :

— Y a-t-il beaucoup de villages le long de la côte ?

— Environ six, c'est-à-dire beaucoup trop, constatat-il renfrogné. Excepté quelques plantations de bananes à l'intérieur du pays, l'île est pauvre. Si bien que l'industrie hôtelière s'est développée en bord de mer.

A l'évidence, cette initiative n'était pas pour lui plaire car il s'était exprimé sur un ton rogue. Un bruit de moteur retentit sur le chemin et ils tournèrent ensemble la tête dans cette direction.

— Voici notre véhicule, l'informa-t-il.

Il s'agissait d'une jeep recouverte d'une pellicule de poussière. La place du conducteur était occupée par un garçonnet au visage rayonnant, vêtu d'un short vert pomme.

— Je vous présente Georges, le petit-fils de ma gardienne et le meilleur chauffeur de St Paul. Georges, cette ravissante jeune fille est Miss Christy Lawrence, ma collaboratrice.

— Enchanté, Miss Lawrence. Installez-vous à l'avant pendant que nous nous occupons des bagages.

Son interlocuteur devait avoir onze ans maximum et Christy se hâta d'obtempérer. Avec un air pénétré d'importance, le gamin aida Simon à charger les valises puis se remit au volant. La banquette était assez étroite et ils étaient serrés l'un contre l'autre. De façon à libérer un léger espace, Simon passa un bras autour de ses épaules.

— Ce sera plus pratique ainsi, commenta-t-il.

Elle opina du chef non sans s'agiter nerveusement sur son siège. Pressée contre sa poitrine, elle se sentait tout à coup contractée, troublée. Elle dissimula son soulagement quand l'automobile stoppa en haut d'une allée.

Devant une pelouse parsemée de fleurs et d'arbustes se dressait une résidence d'inspiration coloniale. La façade était de couleur blanche mais des volets bleu pastel en rompaient la monotonie. La porte d'entrée s'ouvrait sur une véranda dont le plancher, l'auvent, et les colonnes étaient également peints en blanc.

— Je n'aurais jamais cru que vous habitiez dans une maison aussi fraîche, aussi jolie, décréta-t-elle, agréablement stupéfaite.

A peine avait-elle achevé cette phrase maladroite, qu'elle devint rouge comme une pivoine. Elle s'apprêtait à corriger sa bévue, mais il fut le plus prompt.

— Merci pour le compliment que je prends comme tel, rétorqua-t-il amusé. Entrons à présent et vous me donnerez votre avis sur l'intérieur.

Au comble de la confusion Christy le précéda dans le vestibule. Un ventilateur suspendu au plafond procurait une brise appréciable par cette chaleur.

— Par ici, lui indiqua Simon en s'effaçant devant elle.

Ils pénétrèrent dans la salle à manger et Christy ne put réprimer un petit cri d'admiration. Les murs étaient vert pâle, et de magnifiques tapis ornaient le sol. L'ameublement faisait preuve du même goût sobre mais raffiné. Une table, des chaises en bambou étaient assortis à un buffet, un vaisselier sculpté.

— C'est vraiment ravissant, le félicita-t-elle, sincèrement enthousiaste.

— Je suis heureux que cela vous plaise, renchérit-il avec une pointe d'ironie.

Leur discussion fut interrompue par le grincement d'une table roulante, qu'une femme replète, aux cheveux grisonnants poussait devant elle.

— Le thé est servi, monsieur Jardin, claironna-t-elle en franchissant le seuil.

— Helen, voici Christy, mon assistante, la prévint-il avec un sourire bienveillant.

Des yeux pétillants et attentifs se posèrent longuement sur le visage de la jeune fille. Christy eut l'impression qu'elle subissait un test rigoureux mais il dut se révéler positif car Helen s'avança à sa rencontre.

— Bienvenue, Miss Christy, lui souhaita-t-elle avec son accent chantant. Je suis certaine que nous nous entendrons à merveille.

— J'en suis sûre, confirma cette dernière sans hésiter.

Helen recula d'un pas, détailla de la tête aux pieds la gracieuse silhouette de son interlocutrice.

— Juste ciel, lâcha-t-elle, enfin consternée. Je ne comprends pas pourquoi une personne aussi fragile que vous va descendre au fond de l'eau chercher une épave ? La mer des Caraïbes peut-être extrêmement dangereuse...

Visiblement inquiète, elle grommela quelques phrase inaudibles avant de s'éclipser hors de la pièce. Après son départ, Simon et Christy dégustèrent le thé et les gâteaux placés dans une soucoupe. La collation terminée, Helen débarrassa la table et montra sa chambre à la jeune fille.

— M. Jardin m'a demandé de préparer celle-ci spécialement pour vous. C'est à mon avis la plus belle de la maison, spécifia-t-elle.

La brave femme demeura dans l'entrée pendant que Christy avançait de quelques pas, s'arrêtant net devant la magnifique vue qui s'offrait à son regard. Depuis sa fenêtre, elle apercevait le rivage puis la mer qui s'étendait jusqu'à l'horizon. Helen s'étant retirée, Christy demeura immobile sur le balcon, humant le parfum des fleurs qui flottaient dans l'air.

Elle s'achemina ensuite vers l'étage inférieur mais Simon n'était pas dans la salle à manger. Désorientée, elle se disposait à l'appeler quand sa voix lui parvint par une porte voisine.

— Je suis dans le bureau à côté, l'informa-t-il, venez me rejoindre.

Elle s'exécuta et le trouva assis derrière une table en chêne clair. Une quantité de documents étaient empilés à portée de sa main, d'autres rangés dans des corbeilles en plastique. Une vaste bibliothèque occupait l'un des murs, face à une cloison agrémentée de tableaux d'art naïf.

— Je ne vous accaparerai pas longtemps car je suppose que vous êtes fatiguée, commença-t-il. Je vous explique ma méthode de classement et vous pourrez ensuite vous reposer.

Cette opération fut rapidement expédiée dans la mesure où Simon possédait un ordre méticuleux. A l'inverse de Georgina Lawrence ou de Miles Trent, ses notes étaient classées dans un fichier. Et le moindre papier était glissé dans une chemise cartonnée avec une étiquette.

— Remarquable, le congratula-t-elle, non sans espièglerie. Vous n'êtes pas comme vos collègues qui circulent parmi des pyramides de livres entassés sur une chaise ou la moquette.

— Est-ce que par hasard vous décrivez le bureau de Miles ? suggéra-t-il sur un ton abrupt qui la surprit.

— Pas spécialement. En vérité je pensais plutôt à celui de ma mère.

— Approchez-vous près de la vitre, lui ordonna-t-il, passant délibérément du coq à l'âne. A présent, penchez-vous et regardez à travers cette lunette.

Il avait quitté son siège et lui désignait un imposant télescope, installé sur un trépied en métal. Elle colla son œil contre l'orifice, et tressaillit au contact de ses doigts sur son épaule.

— Droit devant vous, vous devez distinguer un bloc de récifs, non ?

— Oui, je les vois avec netteté, confirma-t-elle immédiatement.

— Bien, à quelques mètres sur leur droite, nous avons des chances de localiser l'épave. Vous pouvez repérer facilement cet endroit car la mer y est généralement tumultueuse.

— Je l'ai, exulta-t-elle. Ainsi selon vous, la *Toison d'Or* aurait coulé dans ces parages ?

Son enthousiasme fut de courte durée car en se concentrant sur son objectif, elle remarqua de dangereux remous. Les divers courants dont Simon lui avait signalé l'existence devaient en être la cause. Elle n'ignorait pas qu'il était nécessaire de plonger rapidement, profondément afin de les éviter. Sinon ils vous emportaient comme un fétu de paille, avant de vous engloutir.

Elle frissonna, en proie à une appréhension anticipée et son compagnon caressa la peau satinée de ses bras nus.

— Vous avez froid ou peur ? s'enquit-il tandis qu'elle se retournait.

— Je me rends compte que cette expédition est risquée, commenta-t-elle en guise de réponse.

Simon se taisait, se contentant de la dévisager avec une intensité qui devenait plus insoutenable. De surcroît, il effleurait maintenant la ligne de son cou, et elle s'empourpra.

— Simon, je vous en prie...

Il étouffa ses protestation sous un baiser ardent, impératif, auquel elle ne s'attendait pas. Un délicieux bienêtre l'envahit, qu'elle refoula aussitôt par la seule force de sa volonté. Haletante, elle s'arracha à son étreinte et prononça les mots que sa raison lui dictait :

— Simon, je constate que je n'ai pas été suffisamment explicite lorsque j'ai accepté de vous accompagner ici. Or j'estime qu'il est temps de dissiper ce malentendu, précisa-t-elle, les jambes flageolantes. Je suis votre assistante, soit, mais nos relations se limiteront à des échanges professionnels.

Elle avait mis dans sa voix autant de conviction que possible. Le résultat dépassa ses espérances car il recula, manifestement en colère. Un masque glacial était plaqué sur son visage, et l'ambre de ses yeux s'était assombri.

— Je vois, siffla-t-il entre ses dents serrées. Je ne suis pas aussi séduisant que Miles Trent, c'est cela ? Avec lui, il est probable que vous n'étiez pas si réservée.

— Décidément vous n'avez pas changé, coupa-t-elle, partagée entre la fureur et l'amertume. Six ans après, vous persistez à vous comporter comme un mufle, jeta-t-elle avec hauteur.

Et sur cette répartie mordante, elle s'enfuit hors de la pièce afin de dissimuler les larmes qui perlaient aux coins de ses paupières.

## 5

— Maintenant que vous avez vu les récifs de près, je pense que nous pouvons regagner le rivage, indiqua Simon à l'adresse de son équipière.

— D'accord, rétorqua-t-elle, laconique.

D'un geste vif, il actionna la lanière du moteur et le canot pneumatique se dirigea vers la côte. A bord, un silence à couper au couteau régnait entre ses deux occupants. Bien qu'il soit assis sur un banc devant elle, Christy feignait de ne pas apercevoir son compagnon. A l'évidence, son mutisme agaçait Simon qui l'apostropha, sarcastique.

— Depuis hier soir vous affichez cette mine crispée et réprobatrice. En principe, nous allons nous côtoyer pendant un certain temps. Dans ces conditions, je propose une trêve qui nous permettra à l'un comme à l'autre de ne pas gâcher complètement notre séjour.

Elle demeura quelques instants indécise puis esquissa une grimace qui se voulait un sourire de réconciliation.

— Entendu, concéda-t-elle du bout des lèvres. Vous avez raison, ce serait dommage de ruminer une querelle sans importance alors qu'il fait si beau.

Elle avait volontairemnt appuyé sur les mots « sans importance »

— Je ne vous savais pas si rancunière, Christy, murmura Simon, comme s'il se parlait à lui-même.

Malgré le bruit et le vent qui soufflait, la jeune fille avait saisi ses paroles. La note de sincérité mêlée de tristesse qu''elles contenaient la toucha à son insu. Troublée, elle feignit de s'intéresser au bloc de rochers desquels ils s'éloignaient de plus en plus. Simon suivit son regard puis corrigea la trajectoire du bateau qui avait légèrement dévié, déporté par une vague.

— Je crois que cette petite visite de reconnaissance n'a pas été inutile, souligna-t-il, satisfait. Elle nous a permis de situer à quelle distance des récifs nous plongerons. D'autre part, nous savons qu'il n'y a pas de requins dans les environs. Naturellement ce qui est vrai aujourd'hui peut se révéler faux dans deux jours. Quoi qu'il en soit, nous effectuerons notre première tentative mercredi. J'ai consulté les bulletins météorologiques et ils prévoient de la tempête après cette date. Attention, nous sommes arrivés...

Sur cet avertissement, il coupa le moteur et sauta dans l'eau transparente, tirant sur le filin du canot pneumatique. Christy s'était emparée de l'ancre et la précipita par le fond à un signe qu'il lui fit.

— Bravo ! la félicita-t-il, vous êtes un mousse hors pair.

Il lui décocha un sourire radieux auquel elle tenta de résister mais en vain. Dans ces moments-là, le visage de Simon s'illuminait tout entier, et lui donnait un air presque juvénile. Si bien qu'elle était incapable de conserver une expression boudeuse.

Il avait probablement remarqué qu'elle retrouvait sa bonne humeur car il lança au vol :

— Préférez-vous un bain ou un copieux déjeuner ?

— D'abord un bain et ensuite un copieux déjeuner, répéta-t-elle, espiègle.

Ils éclatèrent de rire ensemble et la tension qui s'était installée entre eux se dissipa comme par miracle.

— En tant que votre employeur, je vous accorde une heure ou deux de répit, plaisanta-t-il sur un ton professionnel. D'ailleurs nous souffrons encore du décalage horaire et notre efficacité s'en ressentirait.

— Les grands esprits se rencontrent, renchérit-elle malicieuse.

Sans un mot, elle pointa le doigt vers un parasol multicolore, planté dans le sable. Dessous, Helen était affairée à déposer un large panier de pique-nique. La brave femme avait également apporté des serviettes de bain qu'elle déploya à l'ombre.

— Même si nous en avions décidé autrement, je crois que nous n'avions pas le choix, lâcha Simon avec un fatalisme amusé.

Ce matin, Christy avait enfilé son bikini sous ses vêtements et il lui fallut une seconde pour les ôter. Son short parme gisait à ses pieds et elle achevait de retirer son tee-shirt quand elle croisa le regard de son compagnon. Il était encore tout habillé et n'avait pas — semble-t-il — bougé d'un centimètre. A cette constatation, elle braqua sur lui des yeux à la fois interrogateurs et étonnés.

— J'ai dû mal comprendre. Je... je croyais que nous allions nous baigner, bredouilla-t-elle en proie à une confusion grandissante.

Le silence qui lui répondit acheva d'aggraver sa nervosité intérieure. Pourquoi la scrutait-il ainsi de la tête aux pieds ? Discrètement, elle vérifia la tenue de son maillot qui ne présentait aucune anomalie, constata-t-elle, soulagée.

Brusquement une idée traversa son esprit et ses joues se colorèrent soudainement. Simon devait trouver que son costume de bain frisait l'indécence ! De fait, elle avait acheté ce deux-pièces dans une boutique de Londres qui était à la mode. Dans la cabine, lorsqu'elle l'avait essayé, son tissu léger imprimé de larges fleurs l'avait séduite. Evidemment, elle n'avait pas pris conscience que les carrés d'étoffe étaient minuscules.

Mon Dieu, autant se promener nue à ce compte-là, songea-t-elle au comble de la honte. Comme s'il avait lu dans ses pensées, Simon sortit de son mutisme.

— Vous êtes absolument ravissante dans cette tenue, votre bikini met en valeur les courbes harmonieuses de votre silhouette. Il n'y a pas à en rougir, conclut-il, vaguement narquois.

Il se dévêtit à son tour et apparut bientôt dans un maillot de bain à rayures. Malgré elle, Christy contempla ses muscles fuselés et sa peau déjà brunie par le soleil. Il possédait un corps admirablement proportionné, qui n'était pas sans rappeler celui d'un fauve. En effet, même lorsqu'il était immobile comme en ce moment, Simon dégageait quelque chose de félin.

En dépit de la chaleur, elle frissonna, fascinée par cet homme dont la présence la bouleversait.

— D'ordinaire je suis un adepte du naturisme, jeta-t-il sur un ton badin. Je peux me le permettre car personne ne s'aventure jamais dans cette propriété privée. Les habitants de l'île ne sont pas spécialement prudes mais un minimum de respect s'impose. L'an dernier la police a appréhendé des étrangers qui s'exposaient sur une plage publique.

— Décidément, vous semblez plutôt hostile au tourisme, souligna-t-elle.

— C'est une industrie qui a ses avantages et ses inconvénients, rétorqua-t-il, maussade.

Il s'était allongé sur sa serviette éponge et fixait le ciel d'un bleu lumineux. Près de lui, Christy se sentait trou-

74

blée et s'efforçait en vain de se détendre. Quelques centimètres les séparaient l'un de l'autre, et elle en avait
soudain une conscience aiguë.

Trop fébrile pour demeurer en place, elle se mit
debout prestement.

— La chaleur est accablante, je vais aller nager un
peu, prétexta-t-elle.

— Excellente idée ! Le gagnant est celui qui arrivera
le premier au bord de l'eau, lança-t-il comme un défi.

— D'accord, confirma-t-elle, amusée par ce jeu.

— Prête ?... Un, deux, trois, partez !

En quelques enjambées souples, Simon avait franchi la
distance qui le séparait du rivage. Elle le rejoignit presque immédiatement, une moue boudeuse sur ses lèvres.

— Vous êtes un tricheur car vous saviez que je n'avais
pas la moindre chance de l'emporter, maugréa-t-elle.

Bien sûr, elle feignait seulement d'être contrariée et
son compagnon le comprit car il enchaîna joyeux :

— Je vous accorde votre revanche quand vous voudrez, Miss Lawrence.

— Tout de suite, renchérit-elle avec les yeux brillants
de malice. Vous voyez cette bouée de pêcheur, là-bas
près du rocher en forme de dent ?

Il porta à son front une main en visière et opina du
chef.

— Si je l'atteins avant vous, nous serons à égalité, lui
signala-t-elle, mutine.

Christy était une nageuse émérite et ne doutait pas un
seul instant du succès de son entreprise.

— Entendu, accepta-t-il avec une expression sérieuse.

Toutefois une lueur goguenarde pétillait dans son
regard, à laquelle sa voisine ne prêta pas attention. Ils
plongèrent en même temps dans une vague couronnée
d'écume blanche. Avec une agilité surprenante, elle par-

courut sans effort les trois-quarts du chemin puis jeta un coup d'œil derrière elle.

Simon était invisible et cette constatation ne manqua pas de l'étonner. A cet instant un mouvement se produisit sous elle, quelque chose effleura ses jambes. Effrayée, elle poussa un cri avant d'apercevoir une silhouette qui progressait dans les flots transparents.

Ayant reconnu celle de son concurrent, elle laissa échapper un soupir de dépit. Puisqu'il était évident qu'elle avait définitivement perdu, elle n'avait plus de raison de se hâter. Elle s'étendit sur le dos, bras et jambes écartées, décontractée. Ensuite elle baissa les paupières et se laissa bercer par la houle.

Son repos fut brusquement interrompu par Simon, surgissant près de son visage. Une mèche ruisselante barrait son front, qu'il rejeta en arrière d'un coup de tête.

— Vous abandonnez ? s'enquit-il avec un sourire radieux.

— Oui, car vous êtes beaucoup trop athlétique pour moi.

— En ce cas, regagnons la plage, suggéra-t-il. Dans ces parages, la baignade est en principe sans danger grâce à la barrière des récifs. Néanmoins, il arrive qu'un requin réussisse à se faufiler et pénètre dans la crique.

— Oh, et c'est à présent que vous me le dites ! le tança-t-elle, épouvantée.

Sans argumenter davantage, Christy balaya les environs d'un regard inquiet. Après quoi, elle se dépêcha de nager jusqu'à la bande de sable fin qu'elle distinguait droit devant elle. Une fois à destination elle reprit son souffle et s'allongea tandis que son compagnon la scrutait, moqueur.

— Rassurez-vous, un tel événement survient rarement, l'informa-t-il.

Cette annonce la réconforta et elle glissa ses mains sous

sa nuque. Un mélange de fatigue et de bien-être engourdissait ses membres, et lui donnait envie de somnoler. Simon qui l'observait s'en rendit probablement compte puisqu'il intervint, bienveillant.

— A votre place, avant de m'endormir je m'enduierais le corps d'huile solaire.

Le conseil était judicieux, aussi se redressa-t-elle afin de saisir le flacon posé à l'ombre.

— Ne vous dérangez pas, lui enjoignit-il en s'en emparant. Je vais vous appliquer la crème moi-même, ce sera plus pratique.

A ces mots, elle devint écarlate et se détourna promptement, soucieuse de cacher son embarras. En revanche, Simon paraissait serein, car il s'agenouilla puis versa une dose de liquide dans sa paume. Elle avait recouvré son sang-froid et l'examinait à la dérobée. Apparemment, il agissait avec le détachement d'un chirurgien sur le point de pratiquer une intervention. Nulle arrière-pensée ne semblait l'habiter, constata-t-elle en son for intérieur. Certes, il l'avait couverte de compliments mais en vérité, il ne devait pas la trouver attirante, jugea-t-elle non sans tristesse.

Que lui importaient les sentiments de Simon Jardin à son égard ! Oubliait-elle qu'elle était ici pour être sa collaboratrice et pas davantage ? se rabroua-t-elle mentalement.

— Ma tâche serait plus aisée si vous enleviez le haut de votre bikini, argua-t-il d'une voix impersonnelle.

Sa requête augmenta la confusion de la jeune femme qui obtempéra à contrecœur. Manifestement, Simon était habitué à masser le dos de ses invitées, et cette scène ne le choquait pas. Si elle lui avait opposé un refus, il aurait sûrement éclaté d'un rire sonore. Comment expliquer à un écrivain célèbre, toujours en voyage, qu'elle, Christy, menait de coutume une existence plutôt repliée ? Dans ces conditions, ce n'était pas tous les jours qu'un homme étalait de l'ambre solaire sur ses épaules et ses reins...

Les doigts de Simon se déplacèrent doucement vers sa poitrine, évitant ses seins découverts. Christy eut une prière muette afin qu'il ne perçoive pas les battements affolés de son cœur. Tandis qu'il poursuivait sa besogne, elle chercha un sujet de conversation destiné à meubler le silence. Hélas, elle était trop énervée pour aligner une phrase cohérente.

— Je... je, balbutia-t-elle, incapable de poursuivre.

— Je quoi ? répéta-t-il sur le mode de la plaisanterie. Allez-vous cesser de vous agiter comme si vous étiez assise sur un nid de fourmis. Comment voulez-vous que j'effectue correctement mon travail si vous bougez sans arrêt ?

Elle bredouilla une vague excuse et il reprit le massage interrompu un instant.

— Vous êtes déjà très bronzée, ajouta-t-il presque aussitôt. J'ignorais que le temps avait été si beau en Angleterre. Au fait, je suppose qu'en Inde vous vous êtes souvent exposée au soleil ?

Cette question était aussi inattendue qu'incongrue et elle eut un moment d'hésitation avant de répondre.

— Non, j'y étais à une période où le climat était beaucoup trop chaud.

— Miles et vous avez également séjourné dans l'Himalaya, n'est-ce pas ?

— C'est exact. Miles avait terminé ses recherches et avait loué ce bungalow afin de commencer l'écriture de son livre. Nous résidions à flanc de montagne, dans un cadre d'une beauté à couper le souffle. J'en garde un merveilleux souvenir, conclut-elle, rêveuse.

— Je n'en doute pas, rétorqua-t-il d'une voix étrangement sèche.

Elle le dévisagea sans comprendre, les sourcils froncés comme si une idée traversait tout à coup son esprit.

— J'ignorais que vous étiez un ami de Miles, avoua-t-elle enfin. Je vois qu'il ne vous a caché aucun détail de notre expédition.

— Nous ne sommes pas amis, confrères tout au plus, corrigea-t-il, coupant. Voilà, c'est terminé.

Sans autre commentaire, il revissa le bouchon sur la bouteille de protection solaire. Il la rangea sous le parasol et gagna sa serviette où il s'étendit, les traits durcis. Désorientée, Christy essayait de se remémorer la conversation qu'ils venaient d'avoir.

A son insu, elle avait dû prononcer une parole maladroite qui était la cause de ce brusque changement d'attitude. Malheureusement, elle avait beau se concentrer, elle ne voyait pas laquelle. Comme la plupart des écrivains, Simon était doté d'un caractère lunatique, songea-t-elle enfin, renonçant à résoudre cette énigme. D'une minute à l'autre, il pouvait passer de la bonne humeur à un état de prostration ou de colère.

D'ailleurs Miles Trent — à qui il avait fait allusion — appartenait également à cette catégorie de personnes. Sans oublier Georgina dont le tempérament était proche des deux hommes. Décidément, les auteurs à succès sont des êtres difficiles à vivre, estima Christy, lucide. Au fond, il était heureux qu'elle n'ait pas épousé quelqu'un comme Simon.

A ce stade de sa méditation, elle esquissa un sourire mi-figue, mi-raisin. Elle était en train de déraisonner car il ne l'avait jamais demandée en mariage. Subitement lasse, elle chassa les idées noires qui la gagnaient. Elle ne devait pas céder à la mélancolie, s'admonesta-t-elle à mi-voix.

Son ventre et le plat de ses cuisses commençaient à la brûler, si bien qu'elle s'installa sur le côté, en appui sur un coude. Simon s'était probablement endormi car son torse se soulevait régulièrement et ses yeux étaient fermés.

Elle profita de ce qu'il ne pouvait la regarder pour l'observer attentivement. De profil, il ressemblait à une statue grecque taillée dans le marbre. Il avait les pommettes hautes, le nez droit, le menton volontaire. Aucun doute, son physique était celui d'une virilité affirmée, au magnétisme irrésistible.

Si elle ne s'était pas maîtrisée, Christy aurait caressé les boucles noires sur ses tempes. Elle avait envie de se lover contre ce corps admirable, de respirer le parfum de sa peau. Mon Dieu, cet homme devait être le diable pour éveiller en elle de pareilles émotions. En effet, il avait sur ses sens un pouvoir qu'aucun autre n'avait encore eu.

Une brise s'était levée qui agitait par intermittences les branches des palmiers. L'air emportait des bouffées d'un enivrant parfum de fleurs et de plantes sauvages aromatiques. Grisée, Christy se sentit bientôt gagnée par une agréable torpeur. Sans même s'en rendre compte, elle ne tarda pas à sombrer dans un demi-sommeil.

Combien de temps s'était-elle assoupie ?... Elle n'aurait su le dire. C'est une étrange impression qui la tira du pays des songes. Soulevant les paupières, elle découvrit Simon qui la contemplait intensément. Son visage était seulement à quelques centimètres du sien. Un sourire mystérieux errait sur ses lèvres tandis qu'il la regardait s'éveiller.

— Bonjour Christy, murmura-t-il doucement. Avez-vous fait de beaux rêves ?

Subjuguée par l'intensité de son regard, elle se taisait, incapable d'émettre un son. Sa gorge était nouée et elle avala péniblement sa salive.

D'un doigt, il parcourut sur sa poitrine la marque pâle laissée par le tissu du maillot enlevé. Elle tressaillit tant il était vrai qu'à ce simple contact, son corps tout entier s'embrasait et brûlait, telle une flamme vive.

Apparemment insensible au feu qu'il avait allumé, Simon reprit, imperturbable :

— A l'évidence, vous n'avez pas l'habitude de vous exposer nue aux rayons du soleil.

— La pelouse du cottage n'est pas l'endroit idéal. Outre que maman reçoit de nombreux visiteurs, le jardinier n'est souvent pas loin.

— Hum, naturellement... Mais il paraît que Miles possède une piscine isolée dans sa villa du Surrey.

— Peut-être, répliqua-t-elle, évasive.

De fait, elle aurait été dans l'impossibilité de fournir de plus amples détails à ce sujet. Depuis leur collaboration, elle avait croisé une ou deux fois par hasard le chemin de son ancien employeur. De surcroît, Miles et elle n'avaient jamais été suffisamment intimes pour qu'il l'invite dans sa résidence.

Comme si de rien n'était, Simon promenait à présent la pointe de ses doigts sur son ventre plat, et ses hanches galbées. Elle cessa de réfléchir, s'abandonnant au délicieux bien-être qui l'envahissait lentement. Un profond silence s'était installé entre eux, uniquement troublé par le bruit des vagues sur le rivage.

— Christy, cria-t-il presque, se penchant vers elle.

Il s'était exprimé sur un ton rauque et elle se raidit, effrayée par ce qui allait suivre. Sa raison lui soufflait qu'elle ne devait pas s'abandonner entre les bras puissants qui la retenaient prisonnière. C'était pourtant inutile, car elle n'esquissa pas un geste afin de se libérer.

Toute volonté de lutte l'avait désertée et sans s'en rendre compte, elle leva la tête pour lui offrir ses lèvres. Son baiser fit naître en elle un désir à la limite du supportable. Un gémissement lui échappa, signe que son corps en émoi clamait sa soif.

— Simon, Simon, balbutia-t-elle éperdue.

Une fois de plus il avait gagné, mais le jeu auquel il se livrait n'était pas inoffensif. Tant pis, songea-t-elle dans un éclair, le cœur battant la chamade. A quoi bon le nier, l'ardeur qui le consumait n'avait d'égale que la sienne propre. A défaut de tendresse et d'affection, elle se contenterait de cette passion sensuelle, puisant en elle-même l'amour qu'il ne pouvait lui accorder.

Il déposa une série de baiser légers sur sa gorge frémissante et elle se cambra.

— Je vous promets que je n'avais rien manigancé, l'informa-t-il abrupt, ses yeux plongés dans les siens.

— Et maintenant que cela arrive ? risqua-t-elle, pleine d'appréhension.

— Je serais un idiot de ne pas profiter du sort qui m'est favorable, confia-t-il dans un sourire. Six ans auparavant, nous n'étions pas prêts, mais aujourd'hui… Ressentiez-vous la même chose pour Miles ? la questionna-t-il soudain, à sa grande stupeur.

Désorientée, elle chercha en vain quoi lui répondre. Elle aurait pu lui avouer que Miles et elle avaient eu des relations uniquement d'ordre professionnel. Mais elle repoussa cette solution, de peur qu'il ne devine son manque d'expérience. Si Simon avait su la vérité, nul doute qu'il se serait moqué d'elle et l'aurait traitée d'oie blanche. De plus, il aurait désormais refusé de la toucher, c'était fort probable. N'avait-il pas dit et répété que les jeunes créatures innocentes ne l'attiraient pas ? Or s'il la congédiait, à présent qu'elle avait renoncé à une lutte dérisoire contre elle-même, Christy en ressortirait brisée.

A cet instant précis, elle en avait tellement conscience qu'elle décida de ne pas prendre ce risque.

— Qui est ce Miles ? éluda-t-elle, optant délibérément pour la boutade. Je dois être amnésique car je ne me rappelle pas avoir connu quelqu'un portant ce prénom.

Cet argument parut le satisfaire car Simon afficha une expression moins tendue. Néanmoins, une ombre de tristesse voilait encore son regard. On avait l'impression qu'il souffrait d'une peine cachée, pensa Christy, perplexe.

Au cours de ces dernières années, avait-il lui aussi été victime d'une désillusion sentimentale ? Cette idée se présenta à son esprit et la tortura. Après tout, un écrivain de renommée internationale comme Simon Jardin devait souvent rencontrer de ravissantes personnes. Peut-être l'une d'entre elles était-elle parvenue à le séduire ? Et peut-être l'avait-elle délaissé du jour au lendemain, comme un jouet qui n'aurait plus aucun intérêt. La gent féminine n'était pas composée que d'adolescentes romantiques et naïves...

— Christy, vous êtes à des kilomètres, la tança une voix qui la ramena à la réalité.

Près d'elle, Simon la scrutait attentivement et une certaine ironie se peignait sur ses traits.

— Pour vous garder avec moi, je crois que je vais employer les grands moyens, annonça-t-il sur le mode de la plaisanterie.

Aussitôt sa phrase terminée, il eut cependant un masque grave avant de se pencher à nouveau vers elle. Il lui caressa le cou et Christy ferma les yeux de plaisir. La bouche entrouverte, il lui semblait que le temps avait suspendu son vol. Simon et elle étaient emportés dans un univers paradisiaque où la volupté consitute la seule loi.

Contrairement à la fois précédente, il s'empara de ses lèvres avec violence. Elle se sentit engloutie, consumée et s'accrocha au cou de son compagnon de toutes ses forces. Il s'allongea à ses côtés, l'entraînant dans le cercle de ses bras. Bientôt, ils se retrouvèrent l'un contre l'autre, dans une étreinte presque douloureuse.

— N'ayez pas peur, murmura-t-il. Regardez-moi. Je ne ferai rien sans votre accord.

Elle ouvrit les yeux et leurs regards se soudèrent, dévorés par la même flamme. Soudain, avec une ardeur qu'elle ne se connaissait pas, elle lui mordilla le lobe de l'oreille et imprima ses ongles au creux de ses reins. Guidée par son instinct, elle accomplissait des gestes qui arrachait à Simon de petits soupirs saccadés.

— Vous êtes merveilleuse, lâcha-t-il, le souffle court.

Ses paroles l'encouragèrent et elle abandonna toute timidité. Désireuse de le caresser à son tour, elle promena ses doigts sur sa nuque et ses épaules hâlées. Chaque contour de ce grand corps athlétique suscitait en elle des sensations plus sublimes les unes que les autres.

Rapide, il ôta la barrette qui retenait la chevelure brune. Aussitôt une cascade de boucles noires se répandit sur le sable. Il y enfouit son visage tandis qu'une de ses mains tremblantes se glissait vers son buste et épousait la rondeur de ses seins.

Au-dessus d'eux fusa le bruit d'un oiseau marin et Christy aperçut un albatros venu du large. Avec ses ailes blanches, il ressemblait à un voilier en partance pour les pays lointains. Pas un nuage n'obscurcissait le ciel et elle se prit à souhaiter que ce moment de bonheur dure à jamais.

Peu lui importait que Simon ne l'aime pas, elle lui appartenait corps et âme. Bientôt ils ne formeraient plus qu'un seul être, unis par les liens plus puissants que ceux du mariage. Tous ses sens en éveil, elle attendait l'apaisement.

Avec lenteur, il dénoua les cordons de son maillot et la contempla longuement. Sous le regard ambre qui la dévorait, elle rougit sans toutefois chercher à masquer sa nudité. Elle était fière qu'il l'admire et elle se redressa, arquant son buste.

— Belle, si belle, répéta Simon.

Du bout des doigts, il se mit à dessiner le contour de ses lèvres. Elle étendit un bras, l'appelant à la rejoindre en psalmodiant son prénom. Simon se déshabilla d'un geste prompt et lorsqu'il la souleva vers lui, elle plia telle une liane caressée par le vent.

Flottant dans un monde féerique, elle ne prit pas tout de suite conscience du bruit qui avait alerté son compagnon.

— Le téléphone est en train de sonner, la prévint-il, parfaitement maître de lui-même.

Alors qu'à ses côtés, Christy essayait tant bien que mal de recouvrer ses esprits. La façon brusque dont Simon s'était écarté d'elle l'avait à la fois surprise et choquée. Un peu plus, elle se serait effondrée en sanglots tant ses nerfs étaient à vif.

— Si je ne réponds pas, quelqu'un ne va pas tarder à arriver. Helen ou Georges, précisa-t-il dans un soupir. Personne ne m'appelle ici à moins que ce ne soit important.

Il soupira à nouveau, se mit debout et lui tournant le dos, se rhabilla.

— Je rentre moi aussi... je crois que j'ai suffisamment pris le soleil pour aujourd'hui.

Maintenant que la magie était brisée, toute l'absurdité de la situation s'imposait clairement à elle. C'était facile puisqu'elle n'était plus dans ses bras, incapable de penser, songea-t-elle, amère. Mon Dieu, s'ils n'avaient pas été interrompus, elle aurait probablement cédé au désir qui l'habitait. Simon possédait sur ses sens un pouvoir indéniable, qui lui avait fait perdre la tête. Pourtant que serait-il advenu ensuite, si elle avait abandonné toute raison ?

Rétrospectivement, une lueur anxieuse assombrit ses yeux dont le gris avait soudain viré à l'anthracite. A cet instant, Simon qui l'examinait en silence, l'apostropha d'une voix dure :

— Je sais exactement ce qui trotte dans votre tête depuis quelques minutes. Vous vous rendez compte de l'erreur que vous étiez sur le point de commettre, non ? Cependant je n'ai pas eu à vous forcer beaucoup pour vous convaincre, il me semble.

Sur cette remarque ironique, il pivota sur ses talons et s'éloigna. Plongée dans ses méditations, la jeune fille rassembla ses affaires et le suivit à distance. Les propos de Simon résonnaient à ses oreilles tandis qu'elle progressait vers la résidence. C'était vrai qu'elle n'avait pas esquissé un geste afin de le repousser, jugea-t-elle, lucide. Mais comment se refuser à un homme dont la seule présence contribuait à la troubler ?

Après tout, elle n'était pas si laide qu'elle le croyait et il était normal que Simon la courtise et cherche à la séduire. En revanche, elle n'était pas obligée de se jeter à son cou à la moindre occasion. Dorénavant, elle devait contrôler ses impulsions. Et non pas se comporter comme une collégienne écervelée, décida-t-elle, avançant d'un pas plus ferme.

# 6

— Réveillez-vous, Miss Christy. M. Simon vous attend en bas et il vous demande de préparer une valise avec des vêtements pour quelques jours.

A cette annonce la jeune fille ouvrit grand les yeux et considéra Helen qui se tenait près d'elle.

— Dépêchez-vous, répéta la brave femme. Il a déjà avalé son petit déjeuner et semble pressé de partir.

— J'en ai pour une seconde, la rassura Christy, rabattant ses draps d'un geste vif.

Quelques instants plus tard, après une légère collation, elle s'asseyait près de Simon sur la banquette avant de la Land Rover. Georges qui était au volant les conduisait au petit port où le *Christina* était amarré.

— J'ai pris cette décision dans la nuit, indiqua Simon à l'adresse de sa voisine. Tant pis si le temps change, nous ne pouvons demeurer éternellement les bras croisés.

Elle se contenta d'opiner du chef, consciente que son compagnon n'était pas d'excellente humeur. Depuis la scène qui s'était déroulée sur la plage, les événements s'étaient précipités d'une façon imprévue. D'une part il s'était avéré que les bulletins météorologiques étaient inexacts. D'autre part, au milieu de la tempête qui s'était brutalement déclarée, le canot pneumatique avait été réduit en miettes.

Pendant une semaine entière, la mer avait été démontée, et le ciel noir comme de l'encre. C'était d'autant plus rageant que cette sorte d'aléa était extrêmement rare dans les Caraïbes.

Face à ces conditions désastreuses, Simon et Christy s'étaient vus contraints de rester enfermés dans la maison. A la perpective de cette promiscuité inévitable vingt-quatre heures sur vingt-quatre, elle avait eu une appréhension. Saurait-elle conserver l'attitude indifférente qui était désormais la sienne quand il était présent ? Ses craintes n'étaient pas justifiées car il lui facilita la tâche en la traitant comme n'importe quelle autre secrétaire. C'est ainsi qu'ils passèrent cette période à travailler sur le plan du futur livre de Simon.

Curieusement, alors qu'elle aurait dû s'en réjouir, Christy éprouvait un vague sentiment de dépit face au détachement de son employeur. Il ne s'était guère battu pour la conquérir, ne pouvait-elle pas s'empêcher de penser avec cynisme. A l'évidence, elle n'avait été qu'un bel objet qu'il avait souhaité posséder. Se heurtant à des difficultés, il avait vite renoncé à son projet.

Elle en était là de ses réflexions quand la jeep s'immobilisa dans un crissement de pneus.

— Vous êtes arrivés à destination ! exulta le garçonnet comme s'il s'agissait d'un exploit digne de compliments.

Simon ne s'y trompa pas et félicita le jeune chauffeur. Tandis que le véhicule disparaissait dans un nuage de poussière, ils montèrent à bord. Ensuite les manœuvres du départ les accaparèrent jusqu'à ce que le navire soit sorti de la baie.

Il était encore tôt et la mer offrait au regard une surface lisse, éclairée par les premiers rayons du soleil. Dans le ciel uniformément bleu, les mouettes lançaient des cris perçants. Derrière le gouvernail, Simon était torse nu en dépit de la fraîcheur du matin. Christy, quant à elle, était assise sur un banc, enveloppée dans un épais chandail.

— Avec ce beau temps, nous serons bientôt rendus sur le lieu de notre plongée, l'informa-t-il sur un ton impersonnel.

— Je suis contente que le temps se soit adouci, rétorqua-t-elle, polie.

Cette conversation guindée témoignait de la tension qui existait entre eux à l'état sous-jacent. D'ailleurs, un lourd silence lui succéda, uniquement meublé par le ronronnement du moteur. A la dérobée, Christy coula un oeil vers celui qui tenait la barre. Il portait un jean délavé qui rehaussait le hâle de sa poitrine aux muscles puissants. Son visage paraissait sculpté dans le marbre et affichait une expression indéfinissable. Des coups de vent dérangeaient la toison de ses cheveux noirs corbeau. Fermement campé sur ses jambes, il ressemblait à ce capitaine-pirate dont il tentait de retracer l'histoire. C'est une idée qui frappa Christy comme une évidence et, amusée par cette image, elle esquissa un sourire.

— C'est le premier depuis je ne sais plus combien de jours, commenta-t-il.

Elle s'apprêtait à prendre la mouche, mais manifestement, son intention n'était pas agressive. Au contraire, il la dévisageait avec un air bienveillant, ce qui ne manqua pas de l'étonner. Décidément, Simon Jardin était d'un tempérament encore plus versatile qu'elle ne le supposait, conclut-elle en son for intérieur.

— Quand nous aurons jeté l'ancre, j'effectuerai une plongée de reconnaissance, enchaîna-t-il. Outre les courants qui sont dangereux, il paraît qu'il y a de nombreux

89

massifs de coraux. C'est pourquoi nous devrons nous montrer très prudents. Je serais sincèrement ennuyé de perdre une collaboratrice aussi précieuse que vous.

Ses yeux topaze constellés de paillettes lancèrent un éclair malicieux. Christy n'était pas dépourvue de sens de l'humour, si bien qu'elle adopta le même ton badin.

— En ce qui me concerne, je serais navrée de perdre mon employeur, répéta-t-elle, feignant la tristesse la plus sincère.

Cet échange de paroles se termina par un éclat de rire qui détendit définitivement l'atmosphère. Le restant du trajet s'effectua dans cette ambiance décontractée où chacun devisait gaiement de choses et d'autres. Dans ces conditions, elle fut surprise lorsque Simon pointa un doigt vers une ligne sombre.

— Voici les rochers que nous apercevons au large, depuis la villa, signala-t-il.

— Nous sommes déjà arrivés ? ponctua-t-elle d'un haussement de sourcils stupéfaits.

— Oui. Nous étions si occupés à bavarder que nous n'avons pas vu le temps passer. Pouvez-vous maintenir le gouvernail droit pendant que j'amarre le yacht ? Merci.

Cette besogne promptement achevée à l'arrière du bateau, il cria par-dessus son épaule :

— Mousse, vous pouvez disposer à présent !

— Bien capitaine ! hurla-t-elle en retour.

Le vent s'était levé et des vagues se creusaient, imprimant au navire un mouvement de va-et-vient lancinant. Inquiète, Christy considéra les flots avant de reporter son attention sur Simon.

— Ce n'est rien, la rassura-t-il, sauf pour les gens qui son sujets au mal de mer.

Aussitôt elle se félicita de ne pas appartenir à cette catégorie de personnes. Elle effet, ils étaient au centre de la zone dangereuse et la coque en bois tanguait de plus en

90

plus. Simon était descendu dans sa cabine et il revint presque immédiatement, vêtu d'une combinaison en latex noire. Il finit de se préparer sur le pont, endossa une bouteille d'oxygène, et chaussa ses palmes.

Il procédait avec un calme et une minutie que son équipière admirait. C'était là le bon côté de Simon, songea-t-elle rêveuse. Nul doute qu'il avait acquis cette pondération et cette rigueur durant les années troubles de sa vie. D'une enfance et une adolescence difficiles, il avait su tirer le meilleur, au bout du compte. Cette réussite indéniable imposait le respect, jugea-t-elle en toute objectivité.

Une fois leurs montres respectives synchronisées, Simon désigna à la jeune fille le filin qui était serré dans sa main.

— Je ne le lâcherai sous aucun prétexte. Si je n'ai pas émergé dans une heure, tirez trois fois dessus et je comprendrai que je dois remonter. Si je trouve un objet ou un indice quelconque, je donnerai une secousse. Si je rencontre un requin, ce sera trois signaux.

— D'accord, confirma-t-elle d'une voix qui ne tremblait pas.

Pourtant, elle devait s'avouer qu'elle n'était pas aussi sereine qu'elle le paraissait. En vérité, une quantité de frayeurs l'habitaient soudain. D'une part, elle redoutait que Simon ne soit victime d'un accident, d'autre part rester seule maître à bord l'inquiétait. Certes, elle n'était pas une débutante en matière de navigation. Néanmoins il lui semblait avoir subitement oublié les leçons reçues au départ de Ste Lucie. Voyons, quel cap devait-elle conserver en cas de bourrasque ou de roulis trop accentué ? Le filin... était-il toujours immobile, signe que tout allait pour le mieux ?

Après quelques secondes de panique, elle aspira une bouffée d'air et recouvra son sang-froid. Dès cet instant, elle fut parfaitement maîtresse de la situation. Lorsque Simon refit surface, une heure pile s'était écoulée, et le bateau ne s'était pas déporté vers les récifs.

— J'étais sûr de le laisser en de bonnes mains, la félicita-t-il. Je suis convaincu d'avoir aperçu quelque chose là-dessous. A priori, ce que j'ai découvert pourrait avoir la forme d'une coque envahie par le corail. Evidemment, il s'agit d'une simple hypothèse qui demande à être vérifiée. Je ne vous indique pas l'endroit précis où elle se trouve. Je veux qui vous la dénichiez vous-même et que vous en fassiez un croquis.

A ces mots, les yeux gris brillèrent d'excitation mais Simon enchaîna catégorique :

— Navré, Christy, mais il est hors de question que vous plongiez maintenant. Après le déjeuner peut-être, d'ici là, je pense que la mer se sera calmée.

— Si je mange, je devrai attendre plusieurs heures avant de descendre, argumenta-t-elle, suppliante.

Simon hésita, le front plissé comme s'il réfléchissait à un problème difficile à résoudre.

— Allez-y puisque vous insistez, trancha-t-il enfin à voix haute.

Folle de joie, elle se hâta de revêtir sa tenue de plongée. Lorsqu'elle fut transformée en homme-grenouille, Simon vérifia son équipement. D'abord le robinet des bouteilles, ensuite l'étanchéité de son masque.

— Tout semble fonctionner à la perfection, conclut-il. Prête ?

En équilibre sur le bord du bateau, elle opina du chef en silence, ajusta le filin autour de sa taille.

— Christy... ne jouez pas les héroïnes, soyez prudente, intervint-il soudain, une main posée sur son épaule.

A travers la combinaison imperméable, elle sentit une onde de chaleur, là où ses doigts l'avait effleurée. Se pouvait-il que Simon tienne un peu à elle ? Craignait-il lui aussi, qu'elle ne soit victime d'un accident ?

— Quand vous voudrez, continua-t-il, imperturbable cette fois-ci.

Elle sauta dans les vagues et lui adressa un signe. Après quoi, elle bascula sur elle-même, et s'enfonça dans les eaux transparentes. Chacun de ses premiers contacts avec le monde sous-marin était un choc répété. Elle progressait avec des geste ralentis, n'entendant aucun bruit que celui de sa respiration. Au fur et à mesure qu'elle avançait, elle s'habituait à ce nouvel univers aquatique.

Un banc de minuscules poissons bleus et jaunes la dépassa à la vitesse de l'éclair. Des bouquets d'algues mauves balançaient langoureusement leurs longues tiges, semblables à des cheveux. Sous elle, Christy apercevait une pellicule de sable blanc puis tout à coup une cavité remplaça cette surface plane. Un rempart de corail se dressait au centre, telle une gigantesque sculpture naturelle.

Alors qu'elle s'en approchait, un courant contraire l'obligea à palmer avec davantage de vigueur. Si elle demeurait dans son axe, elle allait se fatiguer rapidement, estima-t-elle, le mieux était encore de chercher une ouverture sur la droite ou la gauche. Elle accéléra les battements de ses jambes et parvint dans la zone sans remous. D'un bref mouvement, elle constata qu'elle était toujours accrochée au filin. Cette sécurité n'était pas inutile, jugea-t-elle en resserrant le nœud. Faute de l'avoir prévue, de nombreux plongeurs étaient régulièrement emportés au loin. Souvent épuisés, ils disparaissaient et on ne retrouvait jamais leurs corps.

Cette lugubre pensée lui arracha un frisson et machinalement, elle consulta sa montre. Les aiguilles indiquaient qu'elle disposait encore d'une vingtaine de minutes.

Christy contourna avec précaution la masse de corail qui s'élevait devant elle. Tout en manœuvrant, elle essayait de mettre une forme sur cet ensemble dont la couleur rose l'éblouissait.

Derrière la paroi de son masque, elle plissa les yeux, et prit du recul afin d'en avoir une vue générale. Aucun doute, le dessin de la coque d'un navire pouvait fort bien être reconstitué. Etait-ce celui de Kit Masterson ?... rien a priori ne permettait de l'affirmer. Pour le prouver, il aurait fallu produire un objet datant de cette époque. Un voilier aussi grand que celui du capitaine-pirate avait dû en contenir d'innombrables.

Elle se déplaça lentement, fouillant les environs d'un regard attentif. Qu'il soit emprisonné dans le corail ou enfoui dans le sable, elle allait sûrement apercevoir un ustensile ayant servi à Kit Masterson ou aux membres de son équipage. Hélas, excepté quelques poissons qu'elle dérangea et qui s'enfuirent, elle ne vit rien de tel.

A la fois déçue et découragée, elle s'immobilisa en jetant un bref coup d'œil à son poignet. Une heure s'était écoulée, constata-t-elle avec surprise. Elle avait été si absorbée par ses recherches que ce laps de temps lui avait paru étrangement court. C'était un phénomène fréquent dont les plongeurs étaient avertis au préalable. Un mélange de fascination et d'ivresse faisait oublier au fond de l'eau toute notion de l'heure et même de l'endroit.

Christy n'échappait pas à cette attirance presque magique et c'est à contrecœur qu'elle rebroussa chemin et remonta à la surface par paliers.

Elle avait une minute de retard et Simon la guettait depuis le pont, les traits crispés. Dès qu'elle apparut, son visage se décontracta et il l'aida à réintégrer le bateau. A peine avait-elle ôté les lanières qui retenaient les bouteilles dans son dos qu'il la réprimanda, mécontent.

— Dans l'avenir, tâchez de respecter plus précisément

94

votre horaire. C'est vrai, je commençais à être nerveux, avoua-t-il, visiblement embarrassé.

— Je sais, vous aviez peur de perdre une précieuse collaboratrice, plaisanta-t-elle, espiègle.

Il eut un mouvement d'épaules mais se garda d'ajouter quoi que ce soit. Si Simon Jardin s'était inquiété à son sujet, il n'était pas de ceux qui le confient spontanément, se dit-elle avec regret.

— Je crois que j'ai repéré l'épave, l'informa-t-elle triomphante, rompant le fil de sa méditation.

Elle lui décrivit en détail ce qu'elle avait découvert et Simon hocha la tête.

— Humm... voilà qui confirme mon hypothèse, apprécia-t-il. Seriez-vous capable, de mémoire, d'en esquisser un croquis ?

— Pourquoi pas, acquiesça-t-elle dans une moue. Dommage que vous ne possédiez pas une reproduction du navire de Kit. Avec un document pareil, nous aurions pu effectuer une comparaison intéressante, non ?

— Nous mettrons votre idée en pratique dès que vous aurez terminé votre dessin, renchérit-il. La Marine nationale m'a laissé photographier certaines pages d'ouvrages de sa bibliothèque. Evidemment, je n'ai pas la réplique exacte de la *Toison d'Or*. J'ai néanmoins celle de vaisseaux identiques ayant navigué sous Elisabeth I$^{re}$.

— Pourquoi me l'avoir caché ? s'indigna-t-elle.

— Parce que j'attends de vous un regard neuf, expliqua-t-il, pondéré. A partir de la forme observée sous l'eau, je veux que vous traciez sur une feuille votre propre image de la *Toison d'Or*.

La tâche n'était pas aisée, Christy en avait parfaitement conscience. Pourtant elle se sentait apte à relever le défi. Vite... un crayon, du papier.

Comme s'il avait deviné son empressement, Simon la dévisagea avec réprobation.

— Mais avant tout, nous allons nous rassasier, ordonna-t-il sur un ton sans réplique. Débarrassez-vous de cette combinaison humide pendant que je m'occupe du déjeuner.

Sans demander son reste, elle s'éclipsa dans sa cabine d'où elle ressortit fraîche, vêtue d'un pantalon en toile et d'un tee-shirt. Ses boucles brunes et soyeuses étaient ramassées en une queue de cheval qui lui donnait un air encore plus juvénile.

Dans l'espace réservé à l'office, Simon s'activait devant la gazinière. Arrêtée sur le pas de la porte, Christy huma le délicieux parfum d'omelette aux herbes qui flottait dans la pièce.

— Mmm, j'ai une faim de loup, commenta-t-elle en s'installant à table.

Son compagnon y avait disposé le couvert et apporta bientôt le plat principal. A son insu, elle l'étudiait une fois de plus avec un étonnement mêlé d'admiration. Bien sûr, le repas qu'il avait confectionné n'était pas exceptionnel. Pourtant son petit doigt lui affirmait qu'il était un authentique cordon bleu.

Son examen ne devait pas être aussi discret qu'elle le supposait car brusquement il la fixa droit dans les yeux.

— Figurez-vous que j'ai appris à cuisiner en France, la renseigna-t-il à sa grande confusion. C'est un des multiples métiers que j'ai exercés au cours de mes pérégrinations.

Honteuse d'avoir été si aisément démasquée, elle piqua du nez dans son assiette. La collation se révéla aussi appétissante qu'elle le paraissait. Si bien que Christy ne prononça plus un mot jusqu'à la dernière bouchée.

A ce moment, elle s'adossa contre sa chaise et se rendit compte que Simon la fixait.

— Six ans ne vous ont pas beaucoup changée, décréta-t-il sans la quitter des yeux. J'avais effectivement gardé le souvenir d'une adolescente au solide appétit. Ce n'est guère le cas de Miles qui n'a pas la réputation d'être bon vivant.

— Je ne comprends pas pourquoi vous vous intéressez subitement aux habitudes alimentaires de Miles Trent, lâcha-t-elle avec une pointe d'agacement.

A ces mots, il se contenta de plisser les lèvres comme s'il était au courant d'un détail détestable, connu de lui seul. Déconcerté par ce revirement d'attitude, la jeune fille se raidit sur son siège. Jamais elle ne s'accoutumerait au caractère lunatique de son compagnon, c'était une évidence.

Sans se départir de la froideur distante qui était la sienne depuis quelques minutes, il se leva de table, et servit le café. Christy avait l'impression qu'une barrière infranchissable se dressait brusquement entre eux. Rompant le silence, il se pencha vers elle et susurra, perfide :

— Dites-moi… considérez-vous comme indispensable à votre équilibre de faire l'amour avec tous les hommes pour qui vous travaillez ?

Il marqua une pause et poursuivit avant qu'elle ait ouvert la bouche.

— Miles a raison de vanter partout vos louanges car une assistante telle que vous est une aide irremplaçable. Les passages érotiques de son nouvel ouvrage vous sont probablement dédiés.

Elle serra les poings sous l'insulte, les joues écarlates. Simon se comportait comme un mufle et l'envie de le remettre à sa place n'était pas pour lui déplaire. Mais après mûre réflexion, elle décida de s'en abstenir. Peu lui importaient après tout les insinuations malveillantes de quelqu'un d'aussi odieux que Simon Jardin ! D'ailleurs pour elle qui connaissait la vérité, cette scène était des plus risibles.

Miles était loin d'être un don Juan avide de séduire ses secrétaires. Certes, son dernier livre comportait des passages un peu osés. Toutefois, il n'était pas à l'origine de cette initiative. Lors de leur enquête en Inde, ils avaient rencontré un haut fonctionnaire de l'ancien Empire Britannique. Cet homme qui était à présent un vieux monsieur leur avait conté son histoire. Naguère gouverneur du Pradeshpur, il avait été follement épris de la fille d'un Radjah. Sachant qu'il ne serait jamais payé de retour, il avait rédigé des lettres à la belle qui le repoussait. Ces billets écrits dans le secret de sa chambre n'avaient jamais été lus par la jeune Indienne, car tel n'était pas leur but.

Le vieillard avait insisté pour que Miles les intègre dans la saga qui serait publiée. Cet amour de sa jeunesse était, selon lui, un événement malheureux que beaucoup d'officiers ou civils anglais avaient connu là-bas. Miles avait donc accepté les feuillets et par la suite, il avait changé les noms des personnages.

Evidemment cette anecdote n'était pas parue dans la presse. Chaque écrivain tient à ses petits secrets et Miles avait demandé à Christy ne de pas trop l'ébruiter. Néanmoins, il n'aurait certainement vu aucun inconvénient à ce qu'elle en parle à Simon. Les deux hommes s'estimaient, mais malgré cela, elle choisit de se taire. Simon Jardin l'avait blessée et seul le fait quelle soit prisonnière sur son yacht l'empêchait de boucler immédiatement ses bagages.

— Excusez-moi, je dois questionner la radio au sujet du bulletin météorologique de cet après-midi, prétexta-t-il avant de s'en aller.

Sans proférer un son, elle vida le contenu de sa tasse tandis qu'il sortait de l'office. Le liquide était froid maintenant et elle esquissa une grimace. Des idées noires qu'elle chassa aussitôt envahissaient son esprit. Au travail, s'exhorta-t-elle mentalement, en bondissant sur ses pieds.

A l'intérieur de sa cabine, elle sortit son matériel et commença à tracer quelques croquis. Hélas, l'inspiration n'était pas au rendez-vous et elle mordilla l'extrémité de son crayon. Elle n'était pas assez concentrée, c'est pourquoi elle ne parvenait pas à imaginer la silhouette de la *Toison d'Or*.

Elle fronça les sourcils et une image s'imposa lentement à son esprit. Un vaisseau se profila sur le papier, sensiblement différent de celui qu'elle avait dessiné entre Ste Lucie et St Paul. Au contraire du précédent, il possédait une coque renflée, solide, bâtie pour affronter les tempêtes.

Christy griffonnait à la hâte, comme si le navire flottait quelque part devant ses yeux et que sa main le reproduisait avec exactitude. Elle achevait les contours du mât d'artimon, ceux du gaillard arrière quand un bruit dans son dos détourna son attention. Simon se tenait dans l'embrasure de la porte et portait son équipement en latex.

— Je vais effectuer une plongée d'une heure, la prévint-il, laconique.

Chacun vérifia le cadran de sa montre puis elle le suivit sur le pont. Bien qu'elle n'en laissât rien paraître, elle était mortifiée qu'il n'ait pas demandé à voir ses croquis. Ils étaient pratiquement terminés et elle était assez fière d'y avoir apporté le plus de détails possibles.

A la vérité, elle-même était stupéfaite de l'ouvrage accompli. Etant fillette, elle avait parcouru des livres consacrés à la marine royale. Mais aujourd'hui elle était à la fois abasourdie et émerveillée d'en avoir conservé un souvenir aussi vivace. A moins qu'elle n'ait tout simplement dessiné l'un de ces somptueux vaisseaux hollywoodiens. En effet, elle avait souvent assisté à la projection

de films d'aventures et son inconscient avait pu la mysti-
fier… Elle était impatiente que Simon compare ses croquis aux documents de l'époque, car elle désirait savoir si
oui ou non, elle avait remporté le défi qu'il lui avait lancé.

Tout en rongeant son frein, elle surveillait le filin de
sécurité du coin de l'œil. Au cours de l'après-midi, le vent
avait changé de direction. Certes, il ne soufflait pas fort
mais la jeune fille se sentait étrangement nerveuse.
C'était d'autant plus ridicule qu'elle n'avait aucune raison de s'agiter, s'admonesta-t-elle à mi-voix. Son équipier disposait encore de cinq minutes avant de remonter à
la surface.

Ce délai fut bientôt écoulé sans que Simon ait donné
signe de vie. Elle n'était pas la seule à dépasser les
horaires, songea-t-elle calmement. Pourtant sa sérénité
se dégrada au fil des minutes qui se succédèrent. D'abord
cinq… puis dix… douze. Simon exagérait de l'avoir répri-
mandée pour un léger retard alors que lui était sous l'eau
depuis presque un quart d'heure supplémentaire.

Mécontente, elle imprima à la corde le signal convenu
afin qu'il rebrousse chemin. Son cœur manqua de s'arrêter dans sa poitrine quand elle ne sentit pas de résistance
à l'autre bout. Tremblante, elle tira dessus et constata
effectivement que le filin était devenu un poids plume. Il
s'était rompu, si bien que le plongeur désormais était
livré à lui-même. Avec horreur, elle pensa à tous les
dangers qui le guettaient sous la mer et un vertige la
saisit. Ce n'était pas le moment de défaillir, mieux valait
s'équiper à son tour et tenter de le retrouver.

Ayant recouvré son sang-froid, elle s'empara de sa
combinaison qui séchait à l'ombre. Elle était sur le point
de l'endosser quand un cri l'interrompit.

— Christy ! Je suis là.

Simon agitait la main dans sa direction, à plusieurs

mètres du yacht. En quelques brassées vigoureuses, il s'était rapproché et se hissait à bord.

— Le cordage était coincé dans la fissure d'un rocher, expliqua-t-il aussitôt. J'ai été contraint de le sectionner afin de me rendre libre. Beaucoup d'émotions mais rien de grave, ajouta-t-il avec nonchalance. Cessez de prendre cet air catastrophé, sinon je vais m'imaginer que vous avez eu peur.

C'en était trop et elle se raidit, refoulant les larmes qui piquaient ses paupières.

— Peur de quoi ? rétorqua-t-elle, acerbe.

La colère qu'elle affichait à cet instant n'avait d'égale que sa fébrilité intérieure. Lorsqu'elle s'était aperçue que Simon ne rentrait pas de son expédition, elle avait cru périr de frayeur. Or cette anxiété n'était pas celle d'une équipière pour son compagnon, elle n'en était pas dupe. Il s'agissait plutôt de la crainte d'une femme qui redoute de perdre l'homme qu'elle aime.

Car elle aimait encore Simon Jardin, avec la même intensité que naguère ! Cette évidence la frappa comme la foudre et elle vacilla imperceptiblement sur ses jambes. A la lueur de cette révélation, elle comprenait pourquoi elle avait hésité à accepter son offre de travail. Depuis le début, elle s'était leurrée sur ses propres sentiments. Elle se prétendait indifférente, guérie, alors que son corps proclamait le contraire dès qu'il l'effleurait du bout des doigts.

Simon l'observait sans bouger et elle s'empressa de dissimuler son trouble.

— Le fait que je m'inquiète à votre sujet ne signifie pas forcément que je suis encore une adolescente naïve, souligna-t-elle, glaciale. Puisque vous le sous-entendez, c'est vrai que j'ai eu peur pour vous. Mais c'était là un sentiment humain et non celui d'une collégienne amoureuse.

101

A peine ces paroles prononcées, elle eut conscience de leur maladresse. Dans son désir farouche de lui cacher la vérité, elle s'était exprimée avec une véhémence suspecte. Elle avait l'impression de s'être trahie sottement et il allait sûrement éclater de rire.

La réaction de Simon ne tarda pas à lui prouver le contraire. Blanc comme un linge, il siffla entre ses dents serrées :

— Si vous souhaitez absolument vous inquiéter pour quelqu'un, faites-le donc pour votre ami Miles !

Elle ignora délibérément le sarcasme, l'informant d'une voix mesurée :

— Je n'ai pas l'intention de me quereller avec vous une fois de plus. Si vous n'y voyez pas d'inconvénients, je pourrais descendre à mon tour examiner le massif de corail.

— Nous allons arrêter les recherches pour aujourd'hui. Les bulletins de la météorologie étaient favorables mais à mon avis le temps est en train de se modifier plus vite que prévu. J'ai besoin de plus amples renseignements, en attendant je suggère que nous nous reposions.

Christy savait qu'il parlait le langage du bon sens, et elle acquiesça sans argumenter. D'ailleurs elle avait surtout émis cette idée dans le but de fuir sa présence. La découverte qu'elle l'aimait toujours l'avait perturbée au-delà de toute mesure. Elle éprouvait soudain un impérieux besoin de solitude qui lui aurait permis de rassembler ses esprits.

Comment avait-elle pu se bercer d'illusions à ce point ? Elle s'était menti en feignant de n'être attirée que par le magnétisme de Simon. Certes, il était doté d'une sensualité évidente, mais il existait d'autres hommes aussi séduisants que lui. Or il était le seul à l'émouvoir, à accélérer les battements de son cœur dès qu'il était près d'elle.

Elle poussa un soupir désespéré puis décida de s'absorber dans les tâches ménagères. Préparer le dîner l'empêcherait de ruminer sur son triste sort, jugea-t-elle sans enthousiasme. Simon ayant gagné la cabine principale, elle aspira une profonde bouffée d'air marin et s'achemina vers l'office.

Tandis qu'elle sortait du buffet les ingrédients nécessaires au repas, elle entendit son compagnon pénétrer dans sa cabine personnelle. Le bruit de l'eau éclaboussant les parois lui indiqua qu'il se douchait. En un éclair, elle se représenta son corps musclé, à la peau douce, ruisselant de gouttes.

Affolée par le train que prenait ses pensées, elle se concentra davantage sur la tâche qui l'occupait dans l'immédiat. En entrée, elle avait choisi de servir une salade mixte. Il lui fallait donc mettre le riz à cuire et peler les tomates.

Elle avait beau s'activer, des questions angoissantes la taraudaient. Mon Dieu, pourquoi ne s'était-elle pas rendue compte plus tôt de la véritable nature de ses sentiments vis-à-vis de Simon ? Pourquoi n'avait-elle pas refusé de l'accompagner aux Caraïbes ? Jusqu'à la fin de leur contrat, elle serait contrainte de le côtoyer quotidiennement. Six ans auparavant, elle l'avait aimé avec son âme d'adolescente romantique. A présent, elle l'aimait avec toute l'intensité d'une femme ayant atteint l'âge adulte. La souffrance n'en était que plus aiguë, plus insupportable.

Elle se raidit, sachant sans même se retourner qu'il était derrière elle.

— Christy, vos dessins... Je me suis permis d'aller les regarder. Ils... ils sont l'exacte réplique des documents originaux. C'est incroyable, merveilleux ! explosa-t-il, fou de joie. Vérifiez vous-même, tenez.

Sans autre forme de procès, il l'entraîna par le bras

jusqu'à la table où les photographies et ses croquis étaient posés.

— C'est... c'est vrai, balbutia-t-elle, aussi stupéfaite et ravie que son compagnon.

— Christy, nous avons gagné la première manche ! exulta-t-il, la soulevant par la taille. Désormais je suis convaincu que cette épave est celle de la *Toison d'Or*. Dans très peu de temps, nous en aurons la preuve matérielle, j'en suis certain !

Un sourire radieux illuminait son visage qui avait brusquement rajeuni de plusieurs années. Contaminée par son euphorie, elle éclata d'un rire clair avant de commenter, malicieuse :

— Vous ressemblez à un garnement qui aurait découvert l'entrée de la caverne d'Ali-Baba.

Amusé par cette boutade, il s'esclaffa à son tour, et l'enlaça sans qu'elle ait eu le temps de réagir.

— Les petits garçons volent souvent des baisers aux petites filles, en toute innocence, signala-t-il sur un ton plus rauque tout à coup.

Elle voulut protester mais il la bâillonna en scellant ses lèvres des siennes.

## 7

Cette nuit-là, Christy dormit d'un sommeil lourd peuplé de cauchemars. Elle était à bord de la *Toison d'Or* au moment du naufrage et, curieusement, le capitaine avait le visage de Simon.

Elle s'éveilla en sursaut et consulta la pendule de voyage posée sur la table de chevet. Il était à peine six heures du matin et pourtant elle n'avait plus envie de rester allongée. Se remémorant les songes de la nuit, elle bondit sur ses pieds et pénétra dans son cabinet de toilette.

Quand elle en ressortit, sa décision était prise et elle se hâta de revêtir sa combinaison de plongée. Peut-être était-ce absurde, mais elle était certaine de trouver aujourd'hui la preuve qui manquait à l'identification du vaisseau disparu. Certes, Simon lui avait interdit de s'aventurer seule sous l'eau. Mais néanmoins une force plus puissante que la raison commandait à la jeune fille d'enfreindre cet ordre.

Dehors, la mer était calme et dorée sous les premiers rayons du soleil qui embrasait l'horizon. Sans bruit elle s'immergea et piqua du nez vers les profondeurs. Des éclairs luisants, jaunes vifs et ou rouges, signalaient la présence de petits poissons s'enfuyant à son approche. Sans y prêter attention, elle continuait à progresser au cœur de l'univers sous-marin.

Elle agitait régulièrement ses palmes, évitant les courants dangereux, avançant comme si une main invisible la guidait. Le massif de corail se dressait devant elle, splendide dans son habit de couleur rose et blanche.

Sans hésiter, elle le contourna sur la droite et se dirigea vers une fissure qu'elle n'avait pas aperçue la première fois. Un bref coup d'œil l'assura qu'elle disposait de la place nécessaire pour s'y faufiler. Dominant une légère appréhension, elle se mit de profil afin de laisser passer les bouteilles fixées sur son dos.

A l'intérieur de l'ouverture, sa crainte se transforma en une excitation grandissante. Elle était à présent dans une cavité plus longue que large, car elle distinguait des parois dans l'obscurité. Un mince rai de lumière filtrait de l'extérieur, si bien qu'elle en profita pour examiner l'endroit plus en détail. Les cloisons semblaient constituées d'un mélange dc fer et de bois.

Cette constatation confirma la pensée qui l'habitait depuis quelques minutes. Aucun doute, elle avait découvert l'ancien navire de Kit Masterson ! Naturellement, elle ne possédait pas encore un indice matériel qui le prouverait. Toutefois son intuition ne pouvait la tromper... elle était sur la bonne voie. D'ailleurs jusqu'à maintenant, elle n'avait pas regretté de s'être fiée à son sixième sens.

Tout en nageant, elle scrutait la pénombre d'un regard perçant. Si seulement Simon l'avait accompagnée, il aurait probablement su quoi chercher. En même temps que cette réflexion, une vague de découragement succéda à son enthousiasme. D'une part elle n'avait pas apporté de torche, d'autre part le noir qui l'entourait la mettait mal à l'aise.

A cet instant, quelque chose d'indistinct frôla ses jambes, et elle recula prestement. Courageuse mais pas téméraire, estima-t-elle en esquissant une faible grimace. La cause de sa frayeur était certainement un banc de poissons. Il n'y avait pas de quoi fouetter un chat, se dit-elle, moqueuse.

Elle reprit son exploration mais soudain le souffle lui manqua. Suffocant, elle vérifia le robinet de sa bouteille d'oxygène et se rendit compte que cette dernière était presque vide. Elle ouvrit immédiatement la deuxième, contrariée par cette imprudence. Passionnée par ses recherches, elle avait complètement oublié de consulter sa montre. Or elle était partie depuis plus d'une heure et le mieux était de remonter à la surface.

Elle pivota sur elle-même, brusquement avide de clarté et d'air frais. Elle se rendait compte tout à coup combien elle avait été imprudente de s'aventurer ainsi dans ce lieu renfermé. De nouveau, elle sentit un frôlement, au niveau de ses bras cette-fois-ci. Terrifiée, elle rejeta de toutes ses forces cet obstacle mystérieux. Pourtant son effroi ne connut plus de bornes quand son poignet fut brusquement emprisonné dans un étau puissant. Plissant les yeux, elle vit alors se profiler les contours d'une énorme pieuvre. Dans l'une de ses tentacules, elle tenait sa proie à sa merci.

Sur le moment, Christy demeura pétrifiée par la peur indicible qui glaçait ses membres. Sûr de sa victoire, le monstre marin relâcha un instant son étreinte. Aussitôt, mue par son instinct, la jeune fille nagea vigoureusement vers la faille. La panique lui donnait des ailes bien qu'elle s'attendît à être immobilisée d'une seconde à l'autre. Le poulpe n'allait pas abandonner aussi facilement, réfléchissait-elle au comble de la confusion. Le cœur serré par l'angoisse, elle agitait désespérément ses palmes, s'étonnant que ses jambes ne soient pas encore entravées.

Le rai de lumière était maintenant tout près et dans une ultime brasse, elle l'atteignit et se glissa hors de l'épave telle une anguille. Mon Dieu, elle était sauve, triomphat-elle en son for intérieur. Le soulagement qu'elle ressentait était si intense qu'un tremblement la saisit. Afin de recouvrer son calme, elle inhala à plusieurs reprises une bouffée d'oxygène. Elle s'arrêta bientôt, affolée de constater qu'il lui restait juste de quoi regagner le bateau.

Dans ces conditions, le mieux était d'économiser sa respiration et de nager tranquillement, s'exhorta-t-elle, recouvrant la maîtrise de ses nerfs. Elle longea le mur de corail, attentive à se souvenir de l'endroit où elle était descendue tout à l'heure. Telle algue, telle forme de rocher lui étaient dorénavant familières, et elle retrouva son chemin sans problème. Décidément, elle avait accumulé les erreurs, songea-t-elle penaude, car avec le filin sa tâche aurait été encore plus facile.

Il était trop tard pour se lamenter sur son sort, Christy en avait conscience. Malgré le désir qu'elle avait de rejoindre vite la surface, la plongeuse s'obligea à la lenteur. En effet, elle n'ignorait pas les conséquences désastreuses qu'une remontée trop brutale pouvait avoir sur l'organisme. Les poumons soumis à une pression trop forte risquaient l'asphyxie, tout simplement.

Elle émergea à un mètre du yacht qui dansait sur les flots dans un léger clapotis. Une brise tiède soufflait du large, tandis que des mouettes piaillaient dans le ciel sans nuages.. Quant à la mer, elle était parsemée de vaguelettes transparentes. Ce paysage dégageait une sérénité qui contrastait avec l'état d'esprit de la rescapée. Elle subissait le contrecoup des émotions violentes qu'elle venait de connaître. Faible, le cœur battant la chamade, elle se hissa à bord du voilier.

108

Quand elle se redressa, Simon se tenait devant elle, la dévisageant avec une expression de rage contenue.

— J'ai découvert une brèche dans la barrière de corail, annonça-t-elle machinalement d'une voix qu'elle ne reconnut pas.

De fait, elle était épuisée mais espérait par cette bonne nouvelle arracher un sourire à son compagnon. Hélas celui-ci continuait de la fixer durement en silence.

— Je vous avais interdit de plonger sans me prévenir, lâcha-t-il enfin, coupant. Manifestement, vous n'en avez fait qu'à votre tête, n'emportant aucun filin de sécurité et dépassant l'horaire convenu.

Incapable de se dominer plus longtemps, il la saisit par les épaules avec violence.

— Juste ciel, quelle idée stupide vous a traversé l'esprit, Christy ! Cette expédition n'est pas un jeu et je croyais que vous n'étiez plus une enfant.

Ses jambes menaçaient de se dérober sous elle et des larmes brûlaient ses paupières, si bien qu'elle préféra s'enfuir. D'un mouvement vif, elle se dégagea et courut vers sa cabine. Une fois à l'intérieur, elle s'effondra sur sa couchette, le visage enfoui dans son oreiller.

Les sanglots qui soulevaient sa poitrine étaient plutôt d'origine nerveuse que dus à la réprimande de Simon. Après tout, il avait eu raison de la tancer car elle était fautive. Elle sécha ses pleurs, se leva et entreprit d'ôter sa combinaison de plongée. Elle essayait en vain de mettre la main sur son peignoir quand la porte s'ouvrit.

— Je n'avais pas terminé, l'apostropha brièvement son compagnon.

Il était furieux, le regard étincelant qu'il posa sur elle en témoignait.

— Avez-vous pour habitude de vous introduire dans la chambre de jeunes filles sans y être invité ? répliqua-t-elle d'un ton las.

Il jeta un coup d'œil méprisant à son corps nu et frissonnant. Ensuite les muscles de sa mâchoire se durcirent et il persifla :

— Non, car généralement elles sont enchantées de se rendre dans la mienne.

Ces mots blessants la frappèrent de plein fouet et elle s'empourpra jusqu'à la racine des cheveux. Nul doute que Simon lui rappelait son comportement d'il y a six ans. C'est vrai que, désorientée, elle était allée le rejoindre dans sa chambre afin de lui prouver son attachement. Certes, son comportement avait été celui d'une adolescente naïve. Toutefois il était cruel de la part de Simon de le lui lancer au visage comme une insulte. Une lueur de tristesse voila ses yeux et elle frissonna à nouveau, abattue par toutes ces émotions passées et présentes.

Se méprenant sur la cause de son tremblement, son compagnon ramassa le peignoir en éponge bleu ciel, étalé à portée de sa main.

— Couvrez-vous sinon vous allez attraper froid, jeta-t-il sur un ton rogue.

Elle s'en empara, le revêtit promptement tandis qu'il ne la quittait pas du regard.

— Pourquoi avez-vous agi de cette façon ? aboya-t-il lorsqu'elle eu fini. Pour l'amour du ciel, Christy, vous rendez-vous seulement compte des moments d'angoisse que je viens de traverser ! Imaginez ma stupeur quand, frappant à votre porte, je n'ai obtenu aucune réponse. Naturellement, j'ai voulu vous réveiller mais votre couchette était vide. J'ai envisagé les hypothèses les plus folles... que vous étiez tombée par-dessus bord durant la nuit, que vous aviez eu un malaise. J'ai fouillé le bateau de fond en comble et c'est là que j'ai remarqué la disparition de vos bouteilles. Sincèrement, je n'aurais jamais pensé que vous étiez si peu raisonnable. Plonger seule est extrêmement dangereux et le pire aurait pu vous arriver.

D'un geste nerveux, il passa ses doigts dans son épaisse chevelure noire. A cet instant, Christy nota combien il avait les traits tirés et le teint pâle. Il était clair que Simon s'était vivement inquiété de son sort. Après tout, il était le capitaine de cette expédition et se considérait comme responsable de ceux ou celles travaillant sous ses ordres.

Cette déduction silencieuse arracha à la jeune fille un sourire amer puis elle lui raconta son rêve.

— Je sais que j'ai été imprudente, conclut-t-elle, mais j'avais l'impression qu'une force invisible me guidait vers l'épave.

Elle se tut et eut la chair de poule en revoyant soudain l'énorme pieuvre qui l'avait attaquée sous l'eau.

— Où êtes-vous donc, à présent ? intervint Simon d'une voix radoucie.

Il s'était approché d'elle et avait saisi son menton au creux de sa paume.

— J'ai l'impression que vous êtes en colère ou bien anxieuse.

— Je suis fatiguée, éluda-t-elle.

Troublée par sa brusque gentillesse et le contact de ses doigts, elle recula d'un pas.

— Prenez une douche bien chaude pendant que je prépare du thé. Ensuite, le meilleur remède serait quelques heures de sommeil.

— Merci, mais je n'ai pas soif, souligna-t-elle brièvement.

Et elle lui tourna le dos, lui cachant ainsi son désarroi. En effet, elle éprouvait l'impérieux besoin de se blottir contre la poitrine de Simon. Dans le cercle de ses bras puissants, elle oublierait sa frayeur. Car chaque fois qu'elle baissait les paupières, l'image du monstre sous-marin surgissait, terrifiante.

— Parfait, je vous laisse vous reposer, annonça-t-il d'un ton distant.

Les plis de sa bouche s'étaient contractés et il affichait une expression glaciale. A l'évidence, elle l'avait vexée sans le vouloir, jugea Christy, désolée.

Après son départ, elle poussa un soupir avant de suivre ses conseils. A peine allongée, elle sombra dans un sommeil de plomb. Pourtant sa respiration irrégulière trahissait une grande agitation intérieure. La pieuvre l'avait emprisonnée dans ses tentacules et Christy luttait en vain afin de se libérer. Ce fut une violente secousse qui l'obligea à se réveiller et elle découvrit Simon penché sur elle.

— Seigneur, que vous arrive-t-il ? Vous étiez en train de crier si fort que je vous ai crue en danger.

Tandis qu'il la maintenait par les épaules, elle bredouilla d'une voix blanche :

— Ce n'est rien, juste un cauchemar.

A ces mots, il la scruta attentivement comme s'il cherchait à deviner ses pensées les plus secrètes.

— Détendez-vous, lui intima-t-il sans aucune aménité. Laissez-moi faire.

Sans autre forme de procès, il l'attira contre sa poitrine et commença à masser sa colonne vertébrale. Il procédait vertèbre par vertèbre, avec une minutie digne d'un kinésithérapeute professionnel. Ses doigs semblaient posséder un pouvoir bienfaisant et immédiat. Nul doute qu'il avait appris cette technique de relaxation au cours d'un de ses nombreux voyages à l'étranger.

— Maintenant, étendez-vous sur le ventre, l'enjoignit-il, tel un médecin à sa patiente.

Docile, elle s'exécuta et s'abandonna en toute confiance aux mains de son compagnon.

— On dirait que vous avez subi un choc émotionnel, l'informa-t-il avec perplexité. Je le sens aux muscles de votre cou et de vos reins, qui sont durs comme de l'acier.

Durant plusieurs minutes, il s'appliqua à leur rendre leur souplesse. Christy avait chassé les terribles visions qui habitaient son esprit. La présence de Simon et le soin qu'il prenait d'elle la soulageaient de ses frayeurs. Rassérénée, elle écoutait la bruit des vagues contre la coque et cette musique la berçait.

Cette torpeur la quitta brusquement quand elle sentit sur sa peau les lèvres de Simon. D'abord elle se raidit, incapable de discerner si oui ou non ses sens lui jouaient un tour. Puis il reprit son exploration voluptueuse et elle tenta aussitôt de lui échapper. Furieuse, elle s'apprêtait à bondir hors du lit mais il la saisit fermement par le poignet.

— Ne vous enfuyez pas, Christy, murmura-t-il dans un souffle. Ne vous enfuyez pas car vous le souhaitez autant que moi.

Elle s'immobilisa, fascinée par le regard intense qu'il plongeait dans le sien. Elle était tout à coup dépourvue de volonté et n'esquissa pas un geste lorsqu'il ôta le peignoir qui la recouvrait. Le tissu glissa doucement le long de son corps. Dans un sursaut de timidité, Christy tenta de le retenir.

— Non, refusa-t-il en arrêtant son geste.

Incapable de se défendre, elle finit par capituler.

— A quoi von vous cacher puisque vous êtes si belle, chuchota-t-il en l'enlaçant.

Le baiser qui les unit brûlait d'un feu dévorant, symbole du même désir qui les habitait l'un l'autre. Christy n'avait plus aucune envie de fuir, au contraire elle jeta ses bras autour du cou puissant. Car elle souhaitait lui appartenir en dépit de son ignorance et de ses craintes.

Un grincement sinistre retentit soudain au-dessus de leurs têtes. Simon se redressa immédiatement et tendit l'oreille.

— Le vent se lève, indiqua-t-il ensuite avec une grimace. Il faut vérifier la corde d'amarrage, sinon nous risquons d'échouer sur les récifs. Pas de chance, je voulais effectuer une descente, ce matin. Peut-être n'est-il pas trop tard. Où est située cette brèche que vous avez aperçue dans le corail ?

Christy ne répondit pas tout de suite, tant elle était désarçonnée par ce brusque revirement d'attitude. Elle avait la désagréable sensation d'être devenue transparente. D'ailleurs, sans plus lui accorder d'intérêt, Simon se mit debout, affichant un air préoccupé. Il songeait certainement au bulletin météorologique plutôt qu'aux charmes de sa personne, estima-t-elle non sans humour.

Consciente qu'il s'impatientait, elle lui expliqua l'endroit où se trouvait la fissure.

— Mais vous ne pourrez vous y faufiler, le renseigna-t-elle. L'ouverture est extrêmement étroite et j'ai réussi uniquement en me plaçant de profil.

Cette nouvelle parut le consterner au-delà de toute mesure, si bien qu'elle ajouta sans réfléchir :

— Je peux tenter de nouveau l'expérience. Je n'ai rien rapporté la première fois mais on ne sait jamais.

A peine avait-elle proposé ses services qu'elle se rendit compte des battements affolés de son cœur. Rassemblant son courage, elle décida de ne pas revenir sur la parole donnée.

— Nous irons ensemble, renchérit Simon qui la fixait, sourcils froncés. Je préfère prendre le risque de laisser le yacht seul.

Une détérioration du temps était prévue dans deux heures environ, aussi les deux plongeurs se hâtèrent de passer leur combinaison. Après avoir endossé les bouteilles d'oxygène, ils s'enfoncèrent dans l'eau transparente. Il était facile de voir que la mer était agitée car les courants étaient plus forts que la veille. Se conformant aux instructions que Simon lui avaient fournies avant de partir, la jeune fille s'introduisit dans la coque. A l'inté-

114

rieur, elle balaya le fond au moyen d'une torche lumineuse.

Dans le halo blanc, elle distinguait des coquillages posés sur le sable et de minuscules poissons argentés. Hélas, elle avait beau fouiller l'obscurité, elle ne voyait rien d'autre. Elle regagna l'ouverture et adressa à son équipier un geste d'impuissance. En retour, celui-ci pointa un doigt vers sa montre. Elle consulta la sienne et constata que les minutes s'écoulaient rapidement. Pourtant, il était impossible qu'ils remontent bredouilles !

Une idée traversa son esprit, et elle prévint aussitôt Simon qu'elle effectuait une dernière tentative. Derrière la paroi de son masque, il opina du chef, confirmant qu'il avait compris le message.

Maîtrisant son anxiété, elle se dirigea alors vers la partie de la cavité où s'était tenue la pieuvre. Il s'agissait d'une zone particulièrement sombre, envahie par les algues. Christy progressait avec lenteur, jetant constamment de brefs coups d'œil par-dessus son épaule. A tout moment, elle s'attendait à ce que l'énorme animal surgisse de la pénombre. Il lui semblait déjà sentir l'étreinte implacable de ses longues tentacules.

Elle devait cesser de faire travailler son imagination, sinon la panique allait la submerger, se raisonna-t-elle. Recouvrant son sang-froid, elle imprima à ses palmes des mouvements amples. En effet, ses recherches n'avaient rien donné dans ces parages et elle devait les poursuivre plus loin encore.

La lampe éclairait à présent un paysage sous-marin orné d'une végétation surprenante. Il y avait des plantes aux formes et teintes variées mais à dominante sombre. Christy avait la sensation de pénétrer dans un territoire où nul être humain n'était venu depuis des lustres, si bien qu'elle éprouvait un mélange d'enthousiasme et d'inquiétude.

Elle continua à avancer durant quelques mètres puis stoppa, indécise. Etait-elle victime d'une illusion d'optique ou découvrait-elle réellement un objet à demi enfoui sous le sable ? Il devait s'agir d'un récipient car une anse dépassait, remarqua-t-elle une fois à proximité. Elle l'empoigna et tira légèrement dessus, afin de ne pas le briser. A sa grande satisfaction, l'ustensile se dégagea aisément et elle s'empressa aussitôt de rejoindre Simon.

Quand elle exhiba son trophée, il ouvrit des yeux stupéfaits puis leva le pouce en signe de victoire. Après quoi ils regagnèrent la surface sans tarder, car les courants alentour devenaient de plus en plus violents.

Simon se hissa le premier sur le pont du yacht puis aida sa compagne.

— Descendez mettre des vêtements chauds au lieu de grelotter, lui suggéra-t-il ensuite.

— Et vous ? répliqua-t-elle devant son visage aux traits tirés, dégoulinant de perles d'eau.

— Ça va, affirma-t-il brièvement. Je descendrai plus tard, dès que nous aurons levé l'ancre. Un orage se prépare et nous devons nous en éloigner aussi vite que possible.

Ebahie, Christy considéra le ciel qui était d'un bleu limpide. Toutefois, en y regardant mieux, une barre violette se profilait à l'horizon et gagnait lentement du terrain.

Tandis qu'elle changeait de tenue, la jeune fille sentit le bateau danser de plus en plus fort sous ses pieds. Elle en conclut que Simon avait largué les amarres et que le *Christina* prenait le chemin du retour.

C'est à l'heure du déjeuner que les occupants du voilier se retrouvèrent côte à côte. Christy avait cuisiné un repas à base de riz et de légumes, qui emplissait la pièce d'un agréable fumet.

— Bravo, c'est excellent, la complimenta Simon après

116

y avoir goûté. Et toutes mes félicitations pour votre découverte de ce matin, ajouta-t-il avec malice. Il est encore trop tôt pour en être certain mais je crois que nous possédons une coupe en argent ayant appartenu à la table de Kit Masterson. En effet, il m'a semblé apercevoir des initiales gravées sous la couche de sédiments. J'ai réfléchi et décidé de rentrer en Angleterre afin de la faire expertiser. Pendant que nous attendrons les résultats, je commencerai mon livre.

— Vous... vous ne deviez pas l'écrire ici ? hasarda-t-elle d'une voix mal assurée.

— Effectivement, confirma-t-il laconique.

Bien qu'elle fût impatiente de connaître ses explications, il ne lui en fournit pas. Il se contenta de terminer sa collation en affichant une expression neutre. Christy, quant à elle, avait brusquement l'estomac noué, si bien qu'elle repoussa sa fourchette. C'était peut-être absurde pourtant son petit doigt lui disait que Simon avait changé ses plans à cause d'elle... A l'évidence, il ne souhaitait plus demeurer en sa compagnie sur cette île.

**8**

Simon et Christy quittèrent les Caraïbes deux jours plus tard. Dans l'avion qui les ramenait à Londres, la jeune fille avait appris que son employeur ne comptait pas se séparer d'elle.

— Pas tout de suite, avait-il souligné avec un sourire ambigu. Auparavant, vous et moi avons un travail à terminer. Je vous ai embauchée comme assistante jusqu'à ce que mon ouvrage soit fini. Peu importe le lieu où nous l'achèverons, n'est-ce pas ?

Dans cette optique, le célèbre écrivain et sa secrétaire avaient donc emménagé dans son appartement de Knightbridge.

— Je l'occupe chaque fois que je me rends dans la capitale, avait annoncé Simon en déverrouillant la serrure.

Sans le laisser paraître, Christy avait été impressionnée par le nombre de pièces qu'il comportait.

— C'est immense, s'était-elle extasiée spontanément.

— Oui, la cuisine est de ce côté et les chambres par ici.

Il avait pointé le doigt dans une direction qui semblait à des kilomètres, avant de poursuivre :

— Rassurez-vous, Mme Pargetter est chargée de l'office et vous n'aurez pas à me montrer vos talents de cordon bleu. Elle est probablement en train de faire des courses, car je l'ai prévenue de notre arrivée.

Tout en parlant, il avançait le long d'un vaste couloir où il s'immobilisa devant une porte.

— Voici votre chambre, signala-t-il en tournant la poignée. Elle n'a pas la vue sur la mer, j'espère cependant qu'elle vous plaira.

Christy pénétra à l'intérieur et ne put réprimer une exclamation ravie. Le papier des murs et la moquette étaient assortis à la couleur pêche de la literie. Les meubles possédaient une jolie teinte miel, tandis qu'un bouquet de fleurs ornait la table de chevet. Indubitablement, une touche féminine avait contribué à cet ensemble harmonieux.

Elle le constata en même temps que son cœur se serrait dans sa poitrine. Ainsi donc, une jeune femme avait vécu dans cet endroit, auprès de Simon. Christy s'efforça de se représenter sa silhouette et son visage puis y renonça. A quoi bon se torturer inutilement ? songea-t-elle non sans amertume.

— Une décoratrice extrêmement renommée s'est occupée de cette pièce, qu'en pensez-vous ?

Simon la scrutait avec attention, comme s'il lisait en elle. Troublée par son regard perçant, elle rétorqua, un peu rouge :

— C'est d'un goût exquis, je crois que je m'y plairai effectivement beaucoup.

— Eh bien tant mieux, conclut-il, vaguement ironique. La salle à manger est inspirée du style oriental, enchaîna-t-il abruptement. Vous me donnerez votre avis tout à l'heure, au moment du dîner. Personnellement, je la juge trop chatoyante mais pour un séjour temporaire,

120

cela ira. Assez bavardé, ce voyage était fatigant et vous avez droit à un peu de repos.

Sur ce, il s'inclina devant elle avant de s'éclipser par la porte entrouverte. Une fois qu'il fut parti, Christy tenta désespérément de calmer son agitation intérieure. Pourquoi Simon avait-il employé le mot « temporaire » au sujet de cet appartement ? Avait-il l'intention d'abandonner prochainement cette résidence pour une autre, aux Etats-Unis, qui sait ? Il avait aussi sa maison de St Paul, qui était parfaitement habitable...

Une foule de questions se bousculaient dans sa tête, qui demeureraient sans réponse. Car Christy n'avait pas l'intention d'interroger Simon sur sa vie privée. Elle avait été la première à éviter les conversations d'ordre intime. Même pour satisfaire sa curiosité, elle ne dérogerait pas à cette règle établie entre eux. Pourtant à la perspective qu'il aille s'installer à l'étranger, elle ressentait déjà comme une terrible impression de vide. C'était d'autant plus ridicule qu'elle n'était pour lui qu'une simple assistante.

Elle poussa un soupir désabusé et s'achemina dans la salle de bains attenante à sa chambre. La douche était équipée d'un jet puissant, destiné aux massages, si bien qu'elle en ressortit plus décontractée. Après s'être enveloppée dans une serviette éponge moelleuse, elle réfléchit à la tenue qu'elle porterait pour le dîner. En effet, ses valises contenaient surtout des vêtements réservés au climat des Caraïbes. Elle opta finalement pour une robe verte qui avait l'avantage de ne pas être trop décolletée. A Londres, la température n'était pas fraîche à cette époque de l'année. Néanmoins le thermomètre était loin d'afficher les quarante degrés de St Paul.

Contente de son choix, Christy entreprit de chercher cette toilette dans ses bagages. Mais à son grand dam, elle se rendit compte que Simon avait omis de les apporter.

Cette situation était embarrassante et elle s'assit sur son lit afin de trouver une solution. Hélas, elle était si fatiguée qu'elle ne parvenait pas à assembler deux idées l'une derrière l'autre. A son insu, ses paupières se baissaient et elle s'allongea afin de somnoler un court instant.

En fait, elle était profondément endormie lorsque Simon ouvrit la porte une demi-heure plus tard. Il hésita sur le seuil puis posa les sacs de voyage qu'il transportait. Il s'approcha sans bruit de son chevet et la contempla longuement. Ensuite, il ôta délicatement la serviette éponge qui masquait son buste et le haut de ses jambes au galbe parfait. Christy était maintenant totalement dénudée et avec précaution, il la souleva puis rabattit le drap sur son corps svelte.

Le lendemain matin, lorsque la jeune fille se réveilla, elle s'étira voluptueusement, puis se raidit aussitôt. Mon Dieu, elle avait sombré hier soir dans un sommeil de plomb, se remémora-t-elle en un éclair. Non seulement elle n'avait pas dîné en compagnie de Simon mais quelqu'un était entré dans sa chambre. Car elle se rappelait nettement s'être endormie sur son dessus-de-lit... De plus, ses bagages étaient à présent rassemblés dans un coin de la pièce. Simon et non Mme Pargetter les avait probablement déposés à cet endroit.

A la seconde même où elle se faisait cette remarque, ses joues devinrent d'un rose soutenu. A l'évidence, son hôte l'avait bordée pendant qu'elle s'était assoupie. Cette constatation la remplissait d'un curieux mélange de gêne et de plaisir.

Affolée par le train que prenaient ses pensées, Christy se mit debout et s'habilla. L'oreille tendue, elle guettait le moindre bruit mais l'appartement semblait désert. Les aiguilles de sa montre indiquaient neuf heures passées, aussi se hasarda-t-elle dans le couloir. De là, elle gagna l'office où un plateau de petit déjeuner l'attendait.

Sur le point de brancher la bouilloire électrique, elle avisa soudain un morceau de papier adossé contre la théière. « Navré mais Mme Pargetter est en congé aujourd'hui. J'ai beaucoup de travail. Profitez de ces vacances supplémentaires. Simon. »

Tout en terminant sa collation, Christy lut et relut le message de son employeur. Ce dernier ne disait pas quand il serait de retour, ce qui la plongeait dans une certaine perplexité. Au fond, il était libre de ses mouvements, conclut-elle non sans mauvaise humeur. Et puisqu'il avait la gentillesse de lui accorder des loisirs, pourquoi n'irait-elle pas se promener dans le quartier ? Knightbridge était justement un des endroits les plus animés de la capitale.

Un soleil radieux brillait dans le ciel obscurci par de rares nuages. En ce début de juillet, le fond de l'air était doux mais Christy avait cependant emporté un gilet. Il lui faudrait encore quelques jours pour s'adapter au climat de l'Angleterre, songea-t-elle, amusée.

Les rues étaient envahies par une circulation intense et bruyante. Assourdie par le concert des klaxons, elle se réfugia dans le calme d'une librairie où elle acheta divers magazines et un roman traitant de la piraterie. Cet ouvrage n'était sûrement pas un chef-d'œuvre toutefois il lui permettrait de se distraire jusqu'à ce soir, estimat-elle. Après avoir effectué ces achats, elle reprit le chemin du nouveau domicile.

— Christy ! Christy !

En entendant son prénom, elle s'immobilisa net sur le trottoir. Un large sourire s'épanouit sur son visage quand elle vit Miles s'avancer à sa rencontre.

— Christy, répéta-t-il avec chaleur, quelle joie et quelle surprise de vous croiser ici. Votre mère m'avait affirmé que vous étiez aux Caraïbes, en tant que secrétaire de Simon Jardin.

— C'est exact. En fait, nous sommes rentrés hier et je me proposais de téléphoner à maman cet après-midi.

— Inutile car je viens de la conduire à l'aéroport. Jeremy envisage la promotion de ses livres aux Etats-Unis et l'a persuadée de l'accompagner. Etes-vous disponible ce soir, Christy ?

Interloquée par cette demande abrupte, la jeune fille arrondit ses jolis yeux.

— Evidemment, ma question doit vous paraître étrange, commenta Miles, penaud. Toutefois il faut que je vous explique mes problèmes. En vérité, ils se sont aggravés depuis que ma célébrité s'accroît. J'ai séjourné récemment en Allemagne où je me suis lié d'amitié avec Rudolph vont Trecht, une personnalité du monde de l'édition. Hélas, il est le père d'une fille de dix-neuf ans qui est convaincue d'être amoureuse de moi. Ils sont tous deux à Londres en ce moment et j'étais censé les inviter ce soir au restaurant. Ce matin, j'ai reçu un appel de M. von Trecht me signalant qu'il était victime d'obligations professionnelles. Dans ces conditions je crains fort d'avoir à subir un tête-à-tête avec Ursula.

A ces mots, le malheureux écrivain esquissa une grimace qui se voulait un sourire courageux.

— Je suppose qu'Ursula est le prénom de votre admiratrice invétérée, souligna Christy, moqueuse.

— Je donnerais n'importe quoi pour éviter ce souper aux chandelles, répliqua Miles en guise de réponse. Je pourrais tout simplement le décommander mais Jeremy prétend que ce serait une offense vis-à-vis de son père. C'est pourquoi quand je vous ai aperçue, j'ai subitement repris espoir. Vous pourriez vous joindre à nous, n'est-ce pas ?

— En tant que quoi ? l'apostropha-t-elle brièvement.

Car elle en avait un peu assez de jouer les rôles de chaperon que tantôt Simon tantôt Miles lui assignaient.

D'ailleurs, elle éprouvait un élan de sympathie à l'égard de ces adolescentes que les hommes s'ingéniaient à repousser. N'avait-elle pas subi le même sort, autrefois ?

— Vous serez mon bouclier de protection, comme en Inde, spécifia Mile sans détours. Je ne doute pas un instant qu'Ursula soit une jeune fille adorable, pleine de qualités. Néanmoins vous me connaissez, je ne suis ni un homme à la sensualité débordante ni un mari. Certes, la nature m'a doté d'un physique de don Juan mais c'est contre mon gré, croyez-le bien.

Il eut un soupir à fendre l'âme et Christy se retint de pouffer de rire, car il affichait une expression si désespérée qu'elle en était presque comique.

— Je sais que nous n'avons jamais abordé ce sujet quand vous étiez ma collaboratrice. Mais à l'époque, j'avais cru comprendre que vous étiez libre de toute attache. Si c'est toujours le cas, je vous serais extrêmement reconnaissant de me rendre à nouveau service, Christy.

Manifestement à bout d'arguments, il darda sur elle un regard suppliant. Que risquait-elle en acceptant ? réfléchissait Christy, pesant le pour et le contre. A priori, Simon était déjà persuadé qu'il existait des liens intimes entre Miles et elle. En devenant sa « fiancée », elle étayerait cette thèse et il abandonnerait toute idée de la séduire.

Etait-ce sincèrement ce qu'elle désirait ? s'interrogeat-elle, le cœur serré. Parfois elle avait l'impression que Simon lui était indispensable comme le sel l'est à la terre. Prétendre appartenir à un autre, était-ce une façon de résoudre ses propres problèmes ?

— Alors ? s'enquit Miles, inquiet.

Elle s'arracha à ses méditations et considéra les yeux bleus de son compagnon. Outre la lueur d'anxiété, elle y décelait une impatience difficile à contenir.

— Soit, je vous aiderai, le rassura-t-elle avec bienveillance.

— Ce n'est pas une plaisanterie, vous serez avec nous ce soir ? renchérit-il, partagé entre l'indécision et l'enthousiasme.

Pourquoi aurait-elle refusé ?... Simon avait mystérieusement disparu, peut-être jusqu'au lendemain. Dans son message, il avait même suggéré qu'elle dispose de son emploi du temps à sa guise. Forte de cette conviction, elle confirma sur un ton catégorique :

— Je vous promets que je serai là pour vous soutenir. Croix de bois, croix de fer, si je mens je vais en enfer, ajouta-t-elle, espiègle.

Ils partirent d'un rire simultané puis fixèrent un rendez-vous à vingt heures, à l'appartement où elle résidait. Ensuite ils prirent congé l'un de l'autre et Christy se précipita dans les magasins. Miles fréquentait les restaurants de luxe, or ses bagages ne renfermaient que des toilettes en coton léger ! Cette sorte de vêtements était idéale aux Caraïbes mais totalement déplacée pour le dîner en vue. Dieu soit loué, elle possédait sa carte de crédit et Simon lui versait un salaire élevé.

Elle détailla la vitrine de plusieurs boutiques avant de découvrir la perle rare. Aussitôt qu'elle aperçut la robe dans la devanture, elle pénétra à l'intérieur d'un pas décidé. Effectivement, son instinct ne l'avait pas trompée, cette tenue lui allait à ravir, jugea-t-elle devant le miroir.

L'ensemble était en satin bleu nuit et mettait en valeur sa chevelure brune et le hâle de son visage. Un bustier dépourvu de bretelles composait le corsage et dégageait la rondeur satinée de ses épaules. Telles des pétales de fleurs, de nombreux volants s'arrêtaient un peu au-dessus du genou. Christy marcha devant la glace et fut

126

émerveillée de constater à quel point ses jambes paraissaient encore plus fines et plus longues.

Elle ne discuta pas le prix exorbitant et emporta le paquet confectionné par la vendeuse. Ensuite elle acheta une paire de sandales à hauts talons dorés et un petit nécessaire à maquillage.

L'appartement était toujours aussi désert lorsqu'elle le regagna. Elle s'apprêta sans hâte, tendant l'oreille au moindre bruit qui provenait du palier. Inconsciemment, elle espérait que Simon serait de retour avant qu'elle ne parte. N'était-ce pas un peu pour lui qu'elle s'était mise à son avantage ?

Elle pivota sur elle-même et admira la ravissante silhouette que la glace de son armoire lui renvoyait. Dans l'intimité de sa chambre, la robe qu'elle s'était offerte paraissait encore plus seyante. A chacun de ses pas, l'étoffe bruissait, tandis que les lanières de ses souliers jetaient des feux éblouissants.

Les boucles brunes de ses cheveux cascadaient autour de son visage, rehaussant l'éclat de son teint. Contrairement à l'habitude, elle avait fardé ses paupières avec une nuance foncée. Par cet artifice, le gris de ses yeux virait à l'anthracite. Une touche de rouge sur ses pommettes et du brillant à lèvres achevèrent de la transformer en une jeune femme qu'elle avait peine à reconnaître. L'inconnue que Christy examinait non sans surprise dégageait une impression de sensualité épanouie.

Miles, qui sonna à la porte quelques minutes plus tard, demeura cloué sur place.

— Vous... vous êtes resplendissante, articula-t-il après un court instant de mutisme. Sincèrement, je ne vous ai jamais vue aussi belle. C'est stupéfiant !

— Tant mieux si je vous plais, jeta Christy sur un ton badin. Un écrivain célèbre se devait d'avoir à son bras la plus jolie des fiancées, n'est-ce pas ?

— J'avoue que je suis comblé, rétorqua-t-il en plaisantant à son tour.

Christy enveloppa ses épaules d'un châle soyeux puis s'empara de sa pochette en lamé or. En vérité, elle était loin de ressentir la gaieté qu'elle affichait. Le fait que Simon ne soit pas rentré à temps la plongeait dans une profonde mélancolie. Ce soir, elle ressemblait à la sauvageonne qui avait naguère eu le mérite de le séduire. Ses mèches d'un noir de jais, sa taille fine et élancée, et les volants superposés de sa jupe accentuaient cette similitude. Pourtant, six ans auparavant, elle ne possédait pas ce charme voluptueux qui émanait à présent d'elle. Simon était toujours présent quand il ne fallait pas et jamais au bon moment, regretta-t-elle en silence.

Elle poussa un faible soupir et Miles s'effaça afin de la laisser entrer dans l'ascenseur. L'hôtel où Ursula et son père résidaient était situé à l'opposé de la ville. Néanmoins, Christy et Miles pénétrèrent dans le hall à l'heure convenue. Un employé en uniforme les informa que Miss von Trecht les attendait au bar.

Au premier coup d'œil, Christy jugea la jeune fille très antipathique. En effet, ses traits juvéniles n'exprimaient aucune innocence ni spontanéité. Ses lèvres serrées étaient peintes d'un rouge vif, quant à la teinte platine de ses cheveux courts, il était évident qu'elle provenait d'une teinture.

Miles effectua les présentations et dès qu'il eut terminé, Ursula toisa celle qui lui faisait face.

— Ah oui, lâcha-t-elle avec condescendance, je crois que vous étiez sa secrétaire en Inde.

Elle avait prononcé ces paroles sans bouger du tabouret où elle était juchée. Non seulement son attitude était impolie mais encore insultante, nota Christy sans pour autant se démonter.

— C'est vrai, confirma-t-elle, imperturbable. Quel

pays et quel séjour passionnants... tu te rappelles, mon chéri ?

A ces mots, elle s'accrocha familièrement au bras de son compagnon et lui décocha un sourire radieux.

— J'y retournerais volontiers, s'empressa-t-il de renchérir, en posant sa main sur la sienne.

Témoin de cette tendre scène, Ursula s'était raidie sur son siège sans toutefois prendre la parole. Cependant il était clair que son mutisme cachait une sourde hostilité.

— Notre table doit être prête maintenant, précisa-t-elle ensuite d'une voix coupante.

A maintes reprises, Christy avait dîné dans la vaste salle à manger du *Connaught Pearl*. Pourtant elle était impressionnée à chaque fois par le luxe sobre mais raffiné de sa décoration.

En revanche, Ursula von Trecht semblait aussi à l'aise qu'un poisson dans l'eau. Elle marchait en tête du petit groupe, élégante dans un ensemble de mousseline saumon pâle. En passant devant un miroir, elle se contempla avec une évidente satisfaction. A juste titre, d'ailleurs, car elle ne manquait pas d'attrait. Son corps svelte et sa toilette sophistiquée attiraient plus d'un regard masculin. Ursula en était consciente, qui avançait telle une princesse parmi la foule de ses sujets.

En toute autre occasion, Christy aurait éclaté de rire. Bien sûr, il n'en était pas question puisqu'elle était ici afin de rendre service à Miles. Selon lui, Ursula était déterminée à ce qu'il la demande en mariage. Pauvre Miles, qui dissimulait mal son inquiétude. Afin de le rassurer, Christy s'approcha de son prétendu fiancé et lui jeta un clin d'œil discret et complice.

A cet instant elle s'immobilisa sous l'effet de la surprise et d'un sentiment de panique incontrôlable. Attablé avec un homme qu'elle ne connaissait pas, Simon Jardin ne la quittait pas des yeux qui brillaient d'un mélange de mépris et d'intérêt à la limite de l'insolence. Certes, elle avait souhaité qu'il l'admire ce soir, mais pas de cette façon... Car il la détaillait sans aucune pudeur, comme s'il devinait sa nudité sous le satin bleu nuit.

Or il n'avait pas besoin de faire appel à son imagination, se dit-elle au comble de la gêne. Elle-même s'était souvent offerte à son regard dans le plus simple appareil. Il était là pour qu'elle s'en souvienne car il la fixait avec une intensité grandissante. La jeune fille avait l'étrange sensation que ses doigts la caressaient. Des lèvres invisibles descendaient à présent le long de son cou et au creux de ses reins.

— Christy, quelque chose ne va pas ? Vous avez l'air bizarre tout à coup.

Miles s'était arrêté et la scrutait avec une expression soucieuse.

— Tout va pour le mieux, merci, le tranquillisa-t-elle sur-le-champ.

Ensuite elle poursuivit son chemin jusqu'à la table où Ursula les attendait. Ses jambes tremblaient imperceptiblement et elle atteignit sa chaise au prix d'un effort surhumain.

— Pourquoi étiez-vous en train de bavarder au milieu de la pièce ? J'ai horreur de patienter, même quelques minutes.

Ursula considéra tour à tour Miles puis sa voisine après quoi elle s'empara de la carte. Tous deux feignirent de ne pas avoir entendu sa dernière remarque et l'imitèrent. Le maître d'hôtel désigna un serveur qui ne tarda pas à venir prendre leur commande.

Le repas était délicieux, comme de coutume, hélas Christy avait l'estomac noué. De sa place, elle ne pouvait voir distinctement Simon qui était en retrait sur sa droite. Pourtant elle sentait peser sur elle son regard perçant. Dans ces conditions, elle avait toutes les peines du monde

130

à manger avec appétit. De surcroît, Ursula ne cessait de lui adresser des réflexions sur un ton sucré. Tantôt elle demandait à sa rivale si la teinte de ses cheveux était naturelle, tantôt elle s'étendait abondamment sur l'entreprise de son père en Allemagne.

— Papa est désespéré de ne pas avoir eu de fils, indiqua-t-elle en se tournant vers Miles. Il rêve d'un gendre qui l'aiderait à diriger sa maison d'éditions, ajouta-t-elle avec une moue. Une fois le dessert terminé, il a suggéré que nous allions lui dire bonsoir dans sa suite. C'est une excellente idée, non ?

Apparemment, elle était exclue de cette invitation, songea Christy, un peu agacée par tant de sans-gêne. Alors que de son côté, Miles semblait assis sur un nid de fourmis. Après s'être agité nerveusement, il lança dans sa direction un appel au secours muet mais explicite. Christy demeurait silencieuse, absorbée qu'elle était par Simon et son compagnon qui s'étaient levés et s'approchaient d'eux. Ils étaient parvenus à leur hauteur quand elle s'aperçut que Miles espérait toujours son aide. Il lui était impossible de se taire, aussi prononça-t-elle d'une voix volontairement basse :

— Ne t'inquiète pas, mon chéri, je vais rentrer t'attendre à la maison. Tandis que tu discuteras avec M. von Trecht, je te préparerai ta tisane favorite. J'en boirai également une tasse à ton retour.

Elle mit dans cette dernière phrase une intonation langoureuse, ce qui lui valut un sourire reconnaissant de la part de Miles. En revanche, les yeux bleus de son admiratrice luisaient de colère.

— Tu es adorable, ma chérie, répéta Miles en se penchant vers elle. Si tu veux, je te raccompagne à un taxi.

Le dîner achevé, le petit groupe se leva de table et s'achemina vers le hall. Bras dessus, bras dessous, Miles guida Christy jusque sur le perron. En bas des marches, le portier en uniforme héla un véhicule au moment où une autre automobile quittait le *Connaught Pearl*. Sur le siège arrière, la jeune fille distingua nettement les silhouettes de Simon Jardin et de son compagnon.

La nuit n'était pas fraîche, toutefois elle eut un léger frisson. Après quoi elle s'installa dans la Rover noire qui s'était arrêtée devant l'hôtel.

— Je vous trouve un peu pâle, vous n'êtes pas malade ? intervint Miles, soucieux.

Elle secoua la tête et il l'enveloppa d'un regard empli de gratitude.

— Merci pour votre aide, car vous avez joué votre rôle à la perfection. Grâce à vous, Ursula sera peut-être moins pressée de me mettre la corde au cou.

— Espérons qu'elle n'ira pas vérifier que je vous attends bien à votre domicile.

Miles possédait une charmante résidence dans le quartier de Chelsea, où Christy s'était rendue une ou deux fois, à l'époque où ils travaillaient ensemble.

— Je serais étonné, grommela-t-il avec une satisfaction évidente. M. von Trecht est un père extrêmement sévère et sa fille a rarement la permisson de minuit. D'ailleurs, elle a un comportement très différent en sa présence. Elle ressemble plus à une enfant sage qu'à la chipie de ce soir. En réalité, je ne comprends pas pourquoi elle a jeté son dévolu sur ma personne. Après tout, je ne suis pas l'unique écrivain célèbre !

— Tranquillisez-vous. Je vous promets de ne pas vous abandonner entre ses mains.

Cette annonce ne parut pas rassurer le jeune homme dont les yeux bleus trahissaient l'inquiétude.

— Si j'osais, je vous demanderais de vous fiancer avec moi. Seulement pour un court laps de temps, corrigea-t-il. Je suis convaincu que ce stratagème dissuaderait définitivement Ursula.

— Le remède serait énergique, je l'avoue, répliqua-t-elle amusée. Néanmoins il comporterait plus d'inconvénients que d'avantages. A mon avis, les journaux ne tarderaient pas à s'emparer de cette fausse nouvelle. D'autre part, je serais obligée de prévenir ma mère, Jeremy et mon entourage proche.

— Vous avez raison, ce mensonge entraînerait beaucoup trop de complications, concéda-t-il non sans regret. Tant pis, je suppose qu'il existe d'autres moyens pour échapper à Miss von Trecht.

Fataliste, il haussa les épaules et prit congé de Christy. Celle-ci donna son adresse au chauffeur et le taxi s'éloigna dans la circulation. Les rues de la capitale n'étaient guère encombrées, si bien qu'elle fut vite rendue à destination. Au pied de l'immeuble, elle lorgna machinalement en direction du quatrième étage. Dieu soit loué, aucune lumière n'y brillait, constata-t-elle avec soulagement. De fait, elle était épuisée et n'avait pas envie d'affronter Simon.

Devant la porte de l'appartement, elle sortit de sa pochette la clé qu'il lui avait remise. Elle s'apprêtait à déverrouiller la serrure mais n'en eut pas le loisir. Car la poignée tourna sur elle-même et le maître des lieux apparut sur le seuil.

— Entrez, je vous en prie, l'enjoignit-il sur un ton glacial. Je fumais une cigarette devant la fenêtre et je vous ai vue arriver. J'étais d'ailleurs stupéfait de vous voir revenir si vite. Que se passe-t-il, votre soupirant vous a congédiée immédiatement après le dessert ?

Abasourdie par cet accueil, Christy pénétra dans le vestibule avec raideur. Derrière elle, Simon referma la porte dans un claquement sec, et pressa le bouton du plafonnier. Elle était sur le point de gagner sa chambre, pourtant il lui barra brusquement le passage. Il la toisait avec une fureur contenue mais presque palpable. L'éclair qui brûlait dans ses yeux topaze était celui d'un fauve prêt à bondir sur sa proie. En même temps qu'elle le vit, la jeune fille fut effrayée par cette attitude hostile dont la cause lui échappait.

Simon émit un rire grinçant et l'agrippa par les épaules.

— J'aurais dû me douter que dès que j'aurais le dos tourné vous iriez le rejoindre ! Qu'a-t-il de plus que moi, Christy ? Certainement pas le pouvoir de vous combler, précisa-t-il durement. Regardez-vous !

Sans ménagement, il la poussa devant lui dans le salon, et stoppa en face d'un large miroir accroché au-dessus de la cheminée.

— Regardez-vous, insista-t-il hargneux. Voyez-vous sur vos lèvres, votre visage, votre corps les traces d'une femme heureuse ? Non, ils reflètent la frustration de quelqu'un qui espérait autre chose des bras d'un homme. Or il n'a pas pu vous satisfaire, voilà la triste vérité !

— Mais je n'attendais rien de Miles !

— Vraiment ?... Alors pourquoi vous êtes-vous habillée de la sorte ?

Il arracha violemment le châle dans lequel elle était enveloppée. La peau dorée, satinée, sembla tout à coup fragile dans le bustier en taffetas.

— Pourquoi avoir revêtu cette robe provocante si vous n'aviez pas l'intention de le séduire ? reprit-il, acerbe. Vous savez pertinemment qu'ainsi vous êtes irrésistible, qu'il faudrait être de marbre pour ne pas vous désirer.

Christy se taisait, consciente qu'elle n'avait pas le choix. Il ne se trompait pas en affirmant qu'elle avait choisi cet ensemble afin d'être attirante. Toutefois, il se méprenait sur le nom de celui à qui ce subterfuge était destiné. En réalité, elle s'était apprêtée et maquillée pour lui, Simon Jardin, et pour personne d'autre. Mais le lui avouer aurait été se jeter dans la gueule du loup, songea-t-elle, lucide. Dans ces conditions, mieux valait feindre l'impertinence et c'est ce qu'elle fit.

— J'ai le droit d'avoir un amant si je veux, expliqua-t-elle, vaguement narquoise.

Un pesant silence suivit ces paroles qu'il rompit d'une voix rauque, tendue.

— En ce cas, laissez-moi être l'un d'eux cette nuit, trancha-t-il sourdement. Vous me le devez après tout ce que j'ai subi de votre part.

— Tout ce que vous avez subi ? répéta-t-elle, incrédule. Il me semble que vous renversez aisément les rôles. Si mes souvenirs sont justes, je suis celle de nous deux qui a eu à souffrir de votre caractère.

Le visage de Simon se modifia en une grimace douloureuse tandis qu'il s'approchait d'elle jusqu'à la toucher. Il plongea son regard dans le sien et elle vit les paillettes ambre s'assombrir.

— En êtes-vous sûre, Christy ? murmura-t-il soudain avec gravité. Six ans auparavant, vous obsédiez mes pensées et aujourd'hui encore il me suffit de fermer les yeux pour vous apercevoir. Lorsque nous étions aux Caraïbes, j'étais parfois certain que vous ressentiez la même chose. Ai-je tort ?

— Non, confirma-t-elle dans un souffle.

Ce simple mot avait franchi ses lèvres sans qu'elle puisse le retenir. Troublée par cet aveu, elle fixa obstinément la pointe de ses sandales.

— Alors pourquoi ne pas accepter les choses telles qu'elles sont ? poursuivit-il avec douceur. L'amour physique n'est plus un péché qui conduit à la damnation éternelle, vous savez, plaisanta-t-il.

Cette boutade eut pour curieux effet de serrer le cœur de la jeune fille. Simon parlait de l'amour comme d'un divertissement alors que pour elle, ce sentiment était le sel de la vie. Mais bien sûr, ce malentendu venait du fait qu'il ne voyait en elle qu'un bel objet de désir... A ce propos, il n'allait pas manquer de lui rire au nez quand il apprendrait la vérité. Or c'était le moment ou jamais, s'exhorta-t-elle mentalement.

Rassemblant son courage, elle inspira une profonde bouffée d'air avant de décréter :

— Le problème, Simon, c'est qu'il existe entre nous un lourd passé. Quand je vous ai connu, j'étais une adolescente plutôt naïve et je crains fort de l'être restée. A plusieurs reprises, vous avez déclaré que les oies blanches ne vous intéressaient pas. Eh bien, laissez-moi vous dire que je manque d'expérience dans le domaine de la sensualité. J'ajouterai que j'ai un peu honte de cette lacune dans mon éducation, conclut-elle, ironique.

Elle était probablement écarlate car ses joues la brûlaient.

— Pourquoi ? la questionna-t-il de but en blanc.

Désormais il était inutile de tergiverser, aussi répliqua-t-elle sans détour :

— Parce que je n'avais pas encore rencontré un homme qui me donne envie d'être sa maîtresse.

— Et à présent ? la pressa-t-il, guettant sa réponse, les traits contractés.

— Maintenant, j'ai découvert que l'amour et le désir étaient parfaitement séparables.

Par ce mensonge, elle souhaitait garder son secret mais Simon parut étrangement en prendre ombrage.

— Ainsi donc, vous vous croyez amoureuse de Miles, lâcha-t-il entre ses dents serrées.

C'en était trop et elle pivota sur ses talons afin de s'enfuir hors de la pièce. D'un geste impératif, il l'arrêta et l'attira avec force contre lui.

— Oh non, Christy, cette fois-ci vous ne m'échapperez pas, fit-il d'une voix qu'elle ne reconnut pas.

Dans sa voix, il y avait des inflexions autoritaires

mêlées à une grande tendresse. Bouleversée, elle ne cherche pas à se débattre quand il la souleva et l'emporta dans sa chambre.

— Vous venez d'admettre que nous sommes faits l'un pour l'autre et dorénavant il est trop tard pour le regretter, ma belle sauvageonne.

Il referma la porte d'un coup d'épaule et déposa son léger fardeau sur le couvre-lit imprimé de larges fleurs. A cet instant, elle ouvrit la bouche afin de protester.

— Silence, lui intima-t-il.

Et à l'appui de ses paroles, il bâillonna ses lèvres d'un baiser ardent.

— Simon... chuchota-t-elle, grisée et envahie par un délicieux bien-être.

## 9

Comme hypnotisée, Christy ne réagissait pas entre les bras de son compagnon. Simon dégrafa le bustier en taffetas bleu nuit et glissa sa main dessous. A ce contact, elle frémit en même temps qu'une peur instinctive raidissait ses muscles et nouait sa gorge.

Dans un ultime sursaut, elle tenta de le repousser.

— Non, Simon, je vous en prie, balbutia-t-elle péniblement, en avalant sa salive.

— Ne parlez plus. Je ne veux plus rien entendre, lui ordonna-t-il d'une voix sourde.

Allongé sur le lit, il s'était détaché d'elle afin de mieux la contempler. Sans la quitter des yeux, il déboutonna les poignets de sa chemise et se déshabilla complètement. Il accomplissait ces gestes avec naturel, semblant parfaitement à l'aise. Les rayons de la pleine lune pénétraient à flots par la fenêtre dont les rideaux n'étaient pas tirés. A la faveur de cette lumière tamisée, Christy découvrit une nouvelle fois ce corps de bronze, admirablement proportionné.

En proie à une curieuse impression d'irréalité, elle le

vit revenir près d'elle et dénouer la ceinture de sa robe. Quand l'étoffe soyeuse glissa le long de ses jambes cuivrées, elle sentit son regard qui la dévorait.

— Ma belle, mon adorable sauvageonne, murmura-t-il avant de se pencher vers elle.

Il détacha les peignes qui retenaient sa chevelure et les boucles brunes se répandirent sur l'oreiller.

Christy n'osait plus respirer car elle avait la sensation qu'elle risquait à tout instant de tomber dans un gouffre sans fond. Lorsqu'il effleura ses lèvres, sa gorge, ses épaules, un voile opaque lui obscurcit brusquement la vue. Elle était incapable d'échapper à l'émotion de plus en plus forte qui l'habitait.

Soudain il la souleva par la taille tandis qu'elle inclinait la tête en arrière et fermait les yeux. Elle sentait son pouls s'accélérer au rythme du cœur qui battait follement contre le sien. Des doigts impatients frôlaient le creux de ses reins, suscitant en elle une douleur délicieuse.

Lorsque leurs bouches se joignirent, elle jeta spontanément ses bras autour de sa nuque. Il l'étreignit avec passion, le souffle court, tel un noyé qui se raccrocherait à une branche.

— Oh, Christy, si vous saviez le pouvoir que vous détenez sur moi... Vous m'avez ensorcelé ! chuchota-t-il sur un ton rauque.

Il la relâcha subitement et se mit à couvrir son visage et son buste d'une série de baisers incendiaires. Elle manqua défaillir quand il mordilla la pointe de ses seins durcis et poursuivit plus bas son exploration sensuelle.

Elle prononça des paroles incompréhensibles et ouvrit les yeux. Leurs regards, brûlant du même feu, étaient rivés l'un à l'autre. Sans même s'en rendre compte, elle s'arqua contre lui, l'invitant au plaisir par cette sommation muette. En guise de réponse, il s'allongea sur elle et pesa de tout son poids sur Christy qui émit un gémissement.

— Simon ! s'écria-t-elle soudain.

Cet appel avait surgi des profondeurs de son être bouleversé, presque à son insu. La jeune fille avait la conscience aiguë d'être au seuil d'un monde nouveau, celui de la volupté. Elle désirait ardemment se blottir contre Simon, ne faire plus qu'un avec lui.

— Je ne savais pas qu'un jour je souhaiterais posséder autant une femme corps et âme, déclara-t-il en écho à ses propres pensées.

Les moments qui suivirent se gravèrent dans la mémoire de Christy. Les mains puissantes de son compagnon se coulèrent dans son dos. Elle éprouva un léger sentiment de panique mais n'eut pas le temps de s'y attarder. Dans un tourbillon de fièvre et de flamme, elle connut enfin le bonheur infini de l'harmonie.

La souffrance fugitive qui la traversa fut aussitôt remplacée par un vertige enivrant. La tête lui tournait au sommet des merveilleux nuages où la passion l'avait propulsée. Unis l'un à l'autre, ils étaient parvenus aux limites de l'extase, aux confins du paradis...

Flottant dans un univers féerique, c'est petit à petit qu'elle revint à la réalité. Simon la tenait enfermée dans le cercle de ses bras qui la serraient avec tendresse. Christy attendit que les battements de son cœur diminuent d'intensité, après quoi elle l'interrogea :

— Est-ce toujours comme cela ? Je veux dire...

Elle interrompit sa phrase, brusquement consciente du ridicule qu'il y avait à poser une telle question. Sans doute allait-il se moquer d'elle et de sa naïveté, songea-t-elle, rouge de honte.

Mais elle se trompait car il enchaîna sur un ton doux, un rien mutin :

— Me demandez-vous mon avis en général ou dois-je

donner une opinion plus personnelle ? Dans le premier cas, je dirai que c'est oui chaque fois qu'un homme et une femme s'accordent suffisamment bien ensemble. Dans le deuxième, je dirai sans hésiter que c'est non. Car en ce qui me concerne, je n'ai pas ressenti auparavant un émoi semblable. Au contact de votre corps, j'ai cru que je devenais immortel. Voilà l'étonnant résultat de six années de frustration...

Christy eut l'impression de recevoir une douche glacée en entendant ce commentaire. Il s'agissait d'une boutade, certes, toutefois elle lui rappelait cruellement que Simon n'était attiré que par son physique. Maintenant qu'il avait comblé son appétit sensuel, qu'adviendrait-il de leurs relations ? Il n'était guère difficile de le deviner, jugea-t-elle non sans amertume. Son prénom irait s'inscrire sur la longue liste de ses conquêtes féminines.

A cette idée, une envie d'éclater en sanglots noua douloureusement sa gorge. Elle aurait voulu s'enfuir loin de cet homme qui la maintenait serrée contre sa poitrine. Inconscient des tourments qui agitaient sa compagne, Simon caressa les mèches brunes et désordonnées.

— Dormons un peu, suggéra-t-il plein de gentillesse.

Christy esquissa un mouvement afin de regagner sa chambre. Immédiatement, il l'empêcha de bouger et protesta sans acrimonie :

— Non, restez près de moi au moins cette nuit, je vous le demande.

Etrangement, il avait l'air de la supplier comme s'il ignorait tout de ses sentiments. Cette constatation l'étonna mais elle refusa de l'approfondir. Lasse soudain, elle se mit sur le côté et baissa les paupières. Pourtant au contraire de son compagnon, elle ne réussit pas à trouver le sommeil.

Une évidence s'imposait à son esprit et, silencieusement, elle se glissa hors du lit. Elle ne pouvait demeurer

142

dans cet appartement, amoureuse d'un homme qui ne partagerait jamais ses sentiments.

Ayant regagné sa chambre, elle se hâta d'entasser pêle-mêle ses vêtements dans une valise. C'est seulement lorsqu'elle eut fini que la triste vérité lui sauta aux yeux. Georgina Lawrence était aux Etats-Unis et sa fille n'avait pas la clé du cottage !

En proie à une vague de désespoir, elle s'effondra sur une chaise. Elle réfléchissait à un endroit où se rendre à deux heures du matin et subitement son visage s'éclaira. Miles ! Aucun doute, il accepterait de la loger jusqu'au lendemain. Elle décida de ne plus tergiverser et s'éloigna dans le couloir avec ses bagages.

Une fois à l'intérieur du taxi, sa belle énergie se dissipa tandis qu'elle ruminait de sombres pensées. Elle se sentait terriblement malheureuse, plus qu'elle ne l'avait jamais été dans sa vie. D'autre part, une inquiétude la tenaillait rétrospectivement. Et si Miles s'était absenté de chez lui pour une raison quelconque ? Dans ces conditions, elle n'allait pas manquer d'être à la rue.

Dans un état d'anxiété extrême, elle carillonna à sa porte quelques instants plus tard. A son grand soulagement, des pas résonnèrent bientôt et Miles lui ouvrit.

— Christy, c'est vous ! Mon Dieu, l'espace d'une seconde, j'ai cru que c'était Ursula. Entrez.

Manifestement rassuré, il s'effaça afin de laisser le passage à sa visiteuse.

— Juste ciel, vous paraissez épuisée, remarqua-t-il ensuite en la détaillant. Que vous arrive-t-il ?

Tout en parlant, il l'avait précédée dans la cuisine où il prépara rapidement une boisson chaude. La jeune fille avala une gorgée de thé brûlant puis s'éclaircit la voix.

— Miles, commença-t-elle, visiblement émue, pouvez-vous m'offrir l'hospitalité pour quelques heures ? Je ne peux plus habiter sous le même toit que Simon Jardin.

Je retournerai à la maison dans la matinée... Les voisins gardent toujours un trousseau du cottage quand Georgina part en voyage. Je suis navrée mais...

— Inutile de m'expliquer votre situation par le menu, la coupa-t-il, conciliant. Je ne suis pas devin, cependant je crois connaître la cause de votre petite mine. La chambre d'amis est prête à l'étage supérieur, allons-y.

Sur ce, il saisit son bagage et monta les escaliers devant elle. Une fois seule, Christy se mit au lit et s'endormit presque instantanément. Son repos fut troublé par des cauchemars dont Simon était l'acteur principal. Elle était blottie dans ses bras mais au lieu de lui murmurer des mots tendres, il conservait son masque glacé. Elle le suppliait de lui adresser la parole, hélas il semblait ne pas l'entendre.

Au matin, elle s'éveilla tard en proie à une mélancolie tenace. Tout d'abord elle regarda autour d'elle avec un étonnement sincère. Ensuite elle se souvint des événements de la nuit et de la raison de sa présence ici, chez Miles.

Elle prit une douche, s'habilla puis descendit au rez-de-chaussée. Le bruit d'une machine à écrire provenait d'une des pièces et elle frappa discrètement à la porte. La voix de son hôte l'invita aussitôt à pénétrer dans le bureau.

— Bonjour, la Belle au Bois Dormant, plaisanta-t-il. Savez-vous qu'il est onze heures et que je commençais à m'inquiéter. Je me demandais si une méchante sorcière ne vous avait pas plongée dans un sommeil maléfique. Comment vous sentez-vous ? ajouta-t-il, brusquement sérieux.

Ses yeux bleus fixèrent la jeune fille avec une attention bienveillante.

— Oh, je vais beaucoup mieux, s'empressa-t-elle de rétorquer. Je suis désolée de vous avoir dérangé au beau

144

milieu de la nuit. Je tenais à vous remercier pour votre gentillesse et votre hospitalité. A présent, je vais appeler un taxi et regagner mon domicile. Puis-je abuser une nouvelle fois en me servant de votre téléphone ?

— Je vous l'interdis formellement, trancha-t-il sur un ton ferme. Comment pouvez-vous imaginer que je vais vous laisser partir avec cette expression malheureuse. Voyez-vous, un écrivain a l'habitude d'observer son entourage. Or je ne suis pas dupe de votre prétendu rétablissement. En vérité, vous ressemblez à quelqu'un qui a le moral au plus bas. Inutile de protester, je vous séquestre jusqu'à ce que vous affichiez un visage moins sinistre.

A la dérobée, Christy s'examina dans une glace qui était accrochée au mur, près de la fenêtre. Ses traits étaient tirés, une ombre cernait ses yeux assombris, comme éteints. Au fond, la proposition de Miles était la bienvenue, s'avoua-t-elle. En effet, que ferait-elle dans le cottage alors que Georgina était absente ? La solitude n'était pas toujours le meilleur des remèdes, au contraire. La présence réconfortante d'un ami aidait parfois à surmonter une déception affective. Or elle avait subi un choc et avait désespérément besoin de chaleur humaine.

— Si vous êtes sûr que cela ne vous ennuie pas, j'accepte volontiers, admit-elle avec timidité.

— Parfait. Dans ces conditions, nous allons organiser sur-le-champ le programme des réjouissances. Cet après-midi je suis contraint de travailler mais ensuite je suis libre ou presque. De fait, je dois assister à un cocktail de Presse dans la soirée. La réception a lieu dans une charmante propriété à la campagne. Accompagnez-moi, un changement de décor vous fera du bien.

— J'ignorais qu'un de vos ouvrages serait prochainement en vente, éluda-t-elle, encore indécise.

145

— Je n'ai effectivement rien publié ces derniers temps. Mon agent organise cette réunion pour un autre de ses protégés. Dans la mesure où il s'occupe convenablement de mes affaires, je suis obligé de lui prêter mon concours. D'ailleurs j'exagère, ce ne sera pas une corvée car il y aura là des gens plutôt sympathiques. C'est assez loin de Londres et nous passerons la nuit sur place. Ne vous souciez pas du logement... avec une dizaine de chambres, la maîtresse de maison ne verra aucun inconvénient à vous compter parmi les invités de dernière minute. Alors, qu'en dites-vous ?

Evidemment, Christy ne se sentait guère d'humeur enjouée, si bien que la perspective d'une soirée ne l'enthousiasmait pas. D'un autre côté, se cloîtrer dans l'appartement de Miles n'était pas non plus réjouissant. Après avoir pesé le pour et le contre, elle concéda dans un soupir :

— Vous avez cent fois raison, Miles, l'air de la campagne me fera le plus grand bien.

Elle dissimula son désarroi derrière un faible sourire et son compagnon décrocha le téléphone. Il eut une brève conversation avant de reposer le combiné sur son socle.

— Tout est arrangé. Nous sommes attendus à Gloucestershire aux environs de vingt heures. Est-ce que cet horaire vous convient ?

Il avait prononcé délibérément cette question sur un ton cérémonieux. Et tandis qu'il s'inclinait devant elle, la jeune fille ne put réprimer un rire.

— Je ne vous savais pas si drôle, indiqua-t-elle, non sans surprise. Je vous soupçonne de forcer votre nature afin de me distraire, je me trompe ?

— Je ne supporte pas de voir une personne que j'estime au bord des larmes, l'informa-t-il en guise de réponse. De plus, à chaque fois que je vous ai demandé un service, vous ne vous êtes pas dérobée. Aujourd'hui c'est mon tour de vous prouver que je ne suis pas un ingrat.

— Vous êtes un ami, corrigea Christy, touchée par tant de sollicitude.

A force de bavarder, l'heure du déjeuner n'était pas loin maintenant et Miles proposa une collation sur le pouce. Christy refusa, prétextant qu'elle se levait à peine et qu'un repas même léger lui pèserait sur l'estomac. Elle se contenta d'une tasse de thé et de quelques sablés grignotés sans appétit.

Tandis que Miles regagnait son bureau, elle jeta un coup d'œil au dehors. Derrière les vitres, un soleil resplendissant brillait dans le ciel. Le temps idéal pour se promener et admirer la devanture des boutiques, songea-t-elle.

Soudain elle tressaillit, comme si un détail important lui revenait en mémoire. Elle avait abandonné sa robe en taffetas dans la chambre de Simon, si bien qu'elle ne possédait plus de toilette élégante…

Cette situation était si comique, que ses lèvres esquissèrent une moue mi-amère, mi-amusée. Elle se représentait l'ensemble au tissu froissé, jeté sur l'épaisse moquette. La femme de ménage avait dû être étonnée en le découvrant ce matin. Quoique Christy ne nourrisse aucune illusion à ce sujet. Elle n'était probablement pas la première femme qui se dévêtait dans l'appartement de Simon Jardin ! En revanche, elle avait certainement innové en le quittant avant l'aube. Sans même emporter la moitié de ses habits, jugea-t-elle, sarcastique.

D'un bond elle se mit debout, décidée à aller s'acheter une nouvelle robe pour la réception de ce soir. Dieu soit loué, elle n'eut pas à chercher beaucoup car elle trouva une jupe et un corsage en soie dans un magasin de Trendington. Elle les avait choisis sans fioritures, d'une teinte rubis dominante. Cette couleur soutenue donnait plus d'éclat à ses joues et rehaussait le noir de sa chevelure. Quant aux souliers, les escarpins qu'elle portait ne détonneraient pas, réfléchit-elle, ses emplettes terminées.

La température était clémente et elle n'avait pas envie de s'enfermer tout de suite entre quatre murs. Elle consulta sa montre-bracelet et vit qu'il n'était que trois heures de l'après-midi. C'était un sentiment étrange mais depuis cette nuit, il lui semblait que les heures s'écoulaient au goutte-à-goutte. Elle avait notamment l'impression qu'une éternité la séparait de son départ de chez Simon.

Des cris d'enfants joyeux provenaient d'un square et elle tourna machinalement la tête dans cette direction. Assis sur des bancs au soleil, plusieurs parents surveillaient leur progéniture. Les plus petits s'amusaient à confectionner des pâtés de sable. Quant aux plus grands, ils jouaient à cache-cache ou à chat perché.

Christy s'attarda un instant sur ce charmant spectacle avant de pousser un soupir involontaire. Partout où son regard se posait, elle ne rencontrait que des visages heureux. Quoi de plus normal par une belle journée d'été comme aujourd'hui ? Si elle n'avait pas eu ce goût amer dans la bouche, elle aussi aurait apprécié l'agréable tiédeur qui flottait dans les rues. Hélas, parmi la foule des badauds, elle se sentait cruellement seule, déprimée. Et elle accéléra le pas, soudain avide de regagner sa chambre et cacher sa peine.

Pendant le restant de l'après-midi, elle lut un roman jusqu'à ce que Miles vienne frapper à sa porte.

— Si vous êtes prête, Christy, nous pouvons y aller immédiatement, l'informa-t-il en passant la tête dans l'embrasure.

— Quand vous voudrez, rétorqua-t-elle d'une voix aussi gaie que possible.

Puisqu'elle avait accepté cette invitation, il était inutile d'afficher une mine d'enterrement, Christy en était consciente. Elle souleva la mallette en cuir que Miles lui avait prêtée mais celui-ci s'empressa de la soulager de son fardeau. Il n'était pourtant pas pesant car le sac de voyage contenait quelques habits pour un court séjour à la campagne.

Son chevalier servant déposa les bagages dans le coffre d'une splendide Mercedes blanche stationnée devant l'immeuble. Ensuite, il s'installa au volant pendant que Christy se glissait à la place du passager. La voiture était confortable, spacieuse, et le trajet jusqu'à Gloucestershire fut un plaisir.

La conversation de Miles n'était jamais ennuyeuse. Tout en l'écoutant, la jeune fille admirait le paysage qui défilait derrière les vitres entrouvertes. En effet, au fur et à mesure que le véhicule s'éloignait de la capitale, le décor environnant se modifiait. Ici un champ de blé étalait ses épis dorés, là un bois de chênes offrait son feuillage vert tendre.

Quand l'automobile s'engagea dans une allée bordée de peupliers, Christy fut émerveillée par la demeure qui se profilait droit devant elle. Il s'agissait d'un manoir datant de l'époque victorienne, dont la façade sculptée l'impressionna.

— Mais c'est immense, se récria-t-elle. Vous m'aviez parlé d'une propriété et non d'un château !

— La femme de Charles est américaine, issue d'une famille aisée, et elle a eu le coup de foudre pour cette résidence, expliqua son voisin. Rassurez-vous, les propriétaires sont des gens adorables, vous verrez.

Charles et Virginia Orton étaient effectivement aussi sympathiques que Miles l'avait affirmé. Dès qu'ils avisèrent les nouveaux venus, ils s'avancèrent afin de les accueillir.

L'agent publicitaire de Miles était un homme corpulent, haut de stature et doté d'un caractère jovial. Ses tempes argentées et de nombreuses rides au coin de ses yeux témoignaient qu'il avait dépassé la cinquantaine. La poignée de main qu'il donna à Christy était ferme, celle de quelqu'un habitué à traiter des affaires au grand jour et rapidement.

Mme Orton était plus jeune que son mari et possédait une beauté sophistiquée sans être froide pour autant. Sa chevelure d'un roux flamboyant était ramassée en un artistique chignon bouclé. Elle avait revêtu une robe d'hôtesse, longue, qui soulignait la minceur de sa silhouette.

— Ainsi donc, c'est vous Christy, appuya-t-elle d'un sourire chaleureux. Nous avons souvent entendu parler de vous ainsi que de votre mère. Vous avez de la chance d'être née dans une famille aussi talentueuse.

Christy bredouilla une formule de politesse puis se tut. Les louanges sur Georgina ou sa propre personne la plongeaient toujours dans l'embarras. Ce comportement était dû à sa nature réservée, voire timide.

— Plusieurs invités sont déjà là, renchérit Mme Orton. Si vous le souhaitez, vous pouvez les rejoindre dans le salon et boire un rafraîchissement. Sinon la domestique va vous montrer vos chambres.

— C'est très gentil de votre part de me recevoir au pied levé.

— Je suis ravie, ponctua Virginia avec sincérité. De plus, c'est la première fois que Miles vient accompagné à l'une de nos réceptions. Il vous avait gardée à l'écart et je lui en veux beaucoup car vous êtes charmante.

— Oh… Miles et moi sommes uniquement amis, rectifia-t-elle, redoutant un malentendu.

Toutefois son interlocutrice ne l'écoutait plus, accaparée par de nouveaux arrivants qui franchissaient le seuil. Christy eut un mouvement d'épaules fataliste et chercha

Miles du regard. Il était dans le vestibule, occupé à discuter avec le maître des lieux. Elle décida de ne pas l'interrompre et suivit l'employée dans l'escalier central.

La chambre qu'on lui avait préparée était pourvue de larges baies vitrées s'ouvrant sur le jardin. Les murs étaient décorés d'un papier peint lilas et un bouquet de fleurs ornait une table basse.

Peu désireuse de se mêler immédiatement à la foule des invités, Christy opta pour un bain chaud. Après quoi elle se maquilla et enfila l'ensemble en soie qu'elle avait apporté dans ses bagages. Les autres vêtements prévus pour cette partie de campagne furent rangés soit dans la penderie, soit dans la commode.

Une fois ces menues besognes achevées, elle vérifia sa tenue d'un bref coup d'œil puis regagna le rez-de-chaussée. Durant son absence, les autres convives de M. et Mme Orton étaient probablement tous arrivés. En effet, un joyeux brouhaha régnait dans le salon et Christy hésita sur le seuil avant d'y pénétrer. Elle chercha du regard les cheveux blonds de Miles, en vain.

— Ah, Christy, ma chère enfant, vous voilà enfin, tonna à cet instant le jovial Charles Orton. Venez que je vous présente à quelques amis. Miles a été kidnappé par l'un de mes collègues américains. Il pense que son dernier livre pourrait devenir un excellent film.

Sans autre forme de cérémonie, le propriétaire des lieux l'entraîna vers le cercle de ses invités. Christy serrait des mains, reconnaissant au passage tel critique littéraire et sa femme, tel auteur à succès. Des représentants de maisons d'éditions étrangères avaient été également conviés à la réception. Si bien que la vaste pièce n'était pas trop grande pour contenir tout ce monde.

Un buffet avait été dressé au centre et plusieurs serveurs circulaient, chargés de plateaux. Machinalement, Christy examinait les alentours et aperçut bientôt Miles.

Son vis-à-vis, un homme de taille moyenne et chauve, l'avait coincé contre les double-rideaux. Manifestement, le malheureux écrivain n'avait pas d'autre solution que de répondre aux questions de son interlocuteur. Pauvre Miles qui ne cessait de payer la rançon de la gloire, songea-t-elle, gentiment moqueuse. Quand il n'était pas harcelé par ses admiratrices, il était accaparé par les agents de publicité...

Elle eut un sourire qui se figea brusquement sur ses lèvres. A quelques mètres seulement de Miles se tenait Simon Jardin qui la dévisageait fixement. Il esquissa un pas dans sa direction et ce mouvement déclencha en elle une panique indicible. Elle pivota sur ses talons, soucieuse de s'éclipser par une des sorties. Hélas, la réunion battait son plein et se faufiler entre les groupes de convives ne serait guère aisé. Néanmoins elle se fraya prestement un chemin à travers la salle, s'excusant auprès de ceux qu'elle bousculait.

Cette conduite était pour le moins cavalière, mais le regard que Simon lui avait décoché laissait présager le pire. S'il l'attrapait, nul doute qu'il allait provoquer un esclandre. Il avait une expression de rage qu'elle ne lui avait jamais vue même lorsqu'il était en colère.

Christy était sur le point d'atteindre la porte sur le côté quand il surgit devant elle.

— Je veux vous parler, l'interpella-t-il sur un ton dur.

— Nous n'avons rien à nous dire, répliqua-t-elle aussitôt, n'osant pas lever les yeux.

— Vraiment ? grinça-t-il.

Ils étaient si près l'un de l'autre qu'elle respirait les effluves de son eau de toilette musquée. Etait-ce le parfum qui lui tournait subitement la tête ? Quoi qu'il en soit, elle tituba imperceptiblement, en proie à un vertige.

— Inutile de feindre un malaise, je veux des explications et je les aurai, la prévint-il glacial. Pourquoi êtes-vous partie ?

Autour d'eux, les conversations s'étaient arrêtées et Christy bredouilla, pâle comme un linge :

— Simon, je vous en prie, on nous regarde...

— Et alors, de quoi avez-vous peur ? Miles Trent ne vous a pas interdit de bavarder avec moi, j'espère. Oh, je sais pertinemment que c'est lui que vous êtes allée rejoindre cette nuit !

Il s'était exprimé sans baisser la voix et plusieurs visages se tournèrent vers le couple qu'ils formaient. Consciente du scandale, elle répéta sur un ton presque inaudible :

— Simon, s'il vous plaît, je crois que je vais m'évanouir.

Sa bouche se tordit avec cynisme tandis qu'il la scrutait froidement.

— Il n'en est pas question, trancha-t-il, ce serait trop facile. Nous devons avoir un entretien, ne l'oubliez pas.

— Je vous assure qu'il n'y a rien à discuter.

— Détrompez-vous, persifla-t-il en lui saisissant le poignet. Permettez que je vous remette en mémoire un détail qui a son importance. Vous avez signé un contrat où vous vous engagez à être mon assistante jusqu'à la fin de mes recherches. Et vous le remplirez coûte que coûte.

A ces mots, la jeune fille demeura bouche bée, rendue muette par cette déclaration autoritaire.

— Qu'y a-t-il ?... Est-ce que par hasard M. Trent verrait d'un mauvais œil que sa fiancée collabore avec un autre auteur que lui-même ? Il est étrange de penser que vous allez épouser un homme qui n'a pas su...

— Soit, puisque vous y tenez, parlons, le coupa-t-elle, effrayée par les paroles qui auraient pu suivre.

Sur ce, elle dégagea son bras d'un mouvement sec et s'achemina vers la terrasse avec raideur. Des bacs garnis

153

de fleurs l'égayaient et des lampes avaient été allumées. Néanmoins une partie restait dans la pénombre, vers laquelle Christy se dirigea sciemment. Elle s'était suffisamment donnée en spectacle ce soir et ne souhaitait pas que cela continue, estima-t-elle au comble de la confusion.

Elle s'immobilisa et se résigna à affronter celui qui la dominait de toute sa hauteur. Le visage de Simon paraissait sculpté dans le marbre et affichait une expression redoutable. Sur une chemise d'un blanc immaculé, il portait un costume à la coupe élégante et impeccable. La teinte brune de son épaisse toison contrastait avec l'éclat topaze qui brûlait au fond de ses yeux. Même en colère, Simon ne perdait rien de son charme, songea-t-elle avec amertume.

En vérité, il lui fallait tout son courage pour ne pas se blottir contre sa poitrine. Mon Dieu, pourquoi était-elle si faible dès qu'elle se trouvait devant lui ? se lamentat-elle intérieurement. A cet instant, il aurait suffi qu'il la prenne dans ses bras pour qu'elle capitule, une fois encore. Pourtant elle devait maîtriser ses impulsions et conclure définitivement leurs relations ambiguës.

Elle inspira une profonde bouffée d'air avant de lâcher, catégorique :

— Si vous êtes d'accord, je désirerais rompre mon contrat. En fait, je ne veux plus vous voir même pour des raisons professionnelles.

Un silence de plomb s'installa entre eux, uniquement meublé par une musique provenant du manoir. Des couples évoluaient derrière les fenêtres et Christy les fixa obstinément. Si elle croisait le regard de Simon, ses nerfs tendus à craquer n'y résisteraient pas. Déjà des larmes montaient à ses paupières, qu'elle refoulait par un effort surhumain.

— Vous mentez, décréta-t-il abruptement, l'obligeant

à lui faire face. Vous oubliez que je vous ai connue intimement et votre attitude affirmait le contraire.

— J'avoue que ce n'était pas une expérience désagréable mais je n'ai pas envie de la renouveler.

— Du moins pas avec moi, n'est-ce pas ? renchérit-il, cynique. Miles Trent me remplacera dans votre lit, c'est là ce que vous aviez à me confier !

— Vous me faites mal, se plaignit-elle, tentant d'échapper aux mains qui broyaient ses épaules.

Les larmes qu'elle avait longtemps contenues coulèrent soudain le long de ses joues en feu. Pourquoi la torturait-il puisqu'elle n'était qu'une de ses conquêtes féminines parmi tant d'autres ? C'était injuste et cruel, se dit-elle, submergée par une vague de lassitude.

— Laissez-moi tranquille, balbutia-t-elle. Je ne comprends pas ce qui vous arrive, Simon. Je ne vous aurais jamais cru capable de vous comporter ainsi.

Il éclata d'un rire sarcastique, qui la glaça de la tête aux pieds.

— Il m'arrive une chose bien banale, commune à l'espèce humaine et que n'importe quelle autre femme aurait remarqué. Je vous aime à la folie, Christy, ne le voyez-vous pas ?

— Je vous plais physiquement, rectifia-t-elle avec méfiance, refusant de le croire.

— Non, je vous aime corps et âme depuis l'époque où vous étiez une adolescente. Mais vous étiez alors si jeune, si idéaliste que vous m'avez effrayé. A vous écouter, c'était le mariage ou rien et votre affection ressemblait à un ultimatum. Vous ne m'avez pas laissé beaucoup de choix mais je suis parti avec l'intention de revenir un jour, pour vous. Trop tard, ajouta-t-il, puisque vous êtes à présent liée à un autre homme. Par hasard, j'ai entendu votre conversation au restaurant, la dernière fois.

Un muscle se contracta sur sa mâchoire tandis qu'un

voile douloureux obscurcissait son regard. En proie à une curieuse impression d'irréalité, Christy se taisait. Simon avait-il proféré ces paroles ou était-elle victime de son imagination ?

— Répétez-le, l'enjoignit-elle sur un ton mécanique.

— Je vous aime, avoua-t-il d'une voix grave, presque brisée par l'émotion.

— Oh Simon, mon chéri, j'ai vécu en espérant vous entendre prononcer ces mots. Si vous saviez... si vous saviez comme je les ai attendus, chuchota-t-elle avec ferveur.

A la grande stupeur de son compagnon, elle avait noué les bras autour de son cou et se blottissait tendrement contre lui.

— Mais... et Miles ? s'étonna-t-il, visiblement dépassé par les événements.

Sourcils froncés, il examinait la jeune fille qui éclata d'un rire clair, léger. Ensuite elle lui raconta par le menu les avatars de son éminent collègue avec notamment Ursula von Trecht.

— On dirait que ce pauvre Miles et moi sommes logés à la même enseigne, commenta Simon une fois le récit terminé. Les malheureux auteurs que nous sommes employons la moitié de notre temps à échapper à ces demoiselles. A propos, savez-vous que nos recherches ont été fructueuses ? intervint-il, goguenard.

Elle le considéra, interloquée, ne sachant ce que signifiait cet étrange enchaînement.

— Vous vous souvenez de cette coupe que nous avons rapportée des Caraïbes ? Eh bien, les laboratoires de l'Amirauté m'ont confirmé ce matin qu'elle avait effectivement appartenu à notre beau capitaine. Ils ont analysé les sédiments qui la recouvraient et dessous, ils ont trouvé une inscription.

156

— Qui était ? jeta-t-elle à brûle-pourpoint, envahie par une excitation difficile à maîtriser.

— Cette phrase était gravée dans l'argent : « A mon mari bien-aimé, Kit. »

— La légende était donc vraie, souligna-t-elle, les yeux brillants.

— Partiellement en tout cas.

— Et vous allez raconter cette histoire dans un livre ?

— Je l'écrirai à une condition... c'est que vous acceptiez de devenir ma femme. St Paul me semble l'endroit idéal pour passer une lune de miel, non ?

— Et si je refuse ? hasarda-t-elle en guise de boutade.

— En ce cas, je vous obligerais à m'y accompagner car vous êtes encore sous contrat, il me semble. Ensuite, la mer des Caraïbes et les bains de soleil sous ce climat tropical seront mes meilleurs alliés. Ils m'aideront à vous faire changer d'avis.

Il affichait un sourire amusé et elle lui décocha en retour un regard soupçonneux.

— J'avais conscience de jouer ma dernière carte quand je vous ai demandé d'être mon assistante, s'excusa-t-il. Votre mère était au courant car je lui avais dit que je tenterais l'impossible afin de vous reconquérir.

Christy s'apprêtait à protester contre cette basse manœuvre, mais Simon l'en empêcha. Avant qu'elle n'ait eu le loisir d'ouvrir la bouche, il scella ses lèvres d'un baiser ardent.

— Vous ne m'avez pas répondu, belle sauvageonne, poursuivit-il en s'écartant légèrement. Oui ou non acceptez-vous de prendre comme mari un homme qui a mauvais caractère ?

— C'est oui, oui... oui, répéta-t-elle.

Il s'empara à nouveau de ses lèvres et elle ferma les yeux, en songeant que ses blessures du passé étaient définitivement cicatrisées.

Harlequin vous offre dès aujourd'hui de partager et savourer la nouvelle série Harlequin Édition Spéciale…les meilleures histoires d'amour.

Des millions de lectrices ont déjà accueilli avec enthousiasme ces histoires passionnantes. Venez découvrir avec elles la Série Édition Spéciale.

FES-A-1

De nouveaux héros séduisants et mystérieux
vous attendent tous les mois dans la

# *Collection*  *Harlequin*

Ils sont au rendez-vous.
dans 6 nouveaux romans
tous les mois.

# Ne les manquez pas!

COLL—NEW

*Achevé d'imprimer en mai 1986*
*sur les presses de l'imprimerie Bussière*
*à Saint-Amand (Cher)*

— N° d'imprimeur : 1238. —
— N° d'éditeur : 1122. —
Dépôt légal : juin 1986.
*Imprimé en France*